Havarie

Dietmar Werner Wagner

Für Mone.

Impressum:
Dietmar Werner Wagner

www.dietmar-wagner.info

Copyright © 2020 Dietmar Werner Wagner

Herstellung und Verlag: BoD - Books on Demand,
Norderstedt

ISBN: 9783751984317

*Bibliografische Information der Deutschen
Nationalbibliothek: Die Deutsche Nationalbibliothek
verzeichnet diese Publikation in der Deutschen
Nationalbibliografie; detaillierte bibliografische
Daten sind im Internet über dnb.dnb.de abrufbar.*

»Kiel war so groß und so klein, dass alles, was sich auf dieser Welt ereignet oder ereignen könnte, sich auch in Kiel ereignete oder hätte ereignen können.«

Frei nach Günter Grass, Hundejahre

Alle Begebenheiten in diesem Roman sind frei erfunden, Ähnlichkeiten mit tatsächlichen Begebenheiten oder Personen sind rein zufällig.

1 Breath (In The Air)

Die Leiche wogte mit den Wellen hin und her. Der linke Arm lag über dem Oberkörper, der rechte fehlte. Die beiden Beine hatten sich an einigen größeren Steinen festgehakt. Die rechte Körperhälfte war nur noch rudimentär zu erkennen. Der kleine Strand von Möltenort hatte Hochbetrieb. Allerdings waren es jetzt im März weniger Touristen, die den Strand säumten, sondern Polizeibeamte, die die wenigen Neugierigen von der Fundstelle absperrten.

»Männliche Leiche, zwischen 40 und 50 Jahre alt, ein Arm abgetrennt, Schürf- und Schnittwunden am Oberkörper, Kopf stark zertrümmert, Gesicht halbseitig zerstört, vermutlich Schiffsschraube...", murmelte Dr. Hansjochen Pasternack, Gerichtsmediziner der Fördestadt in sein i-Phone.

»Einschussloch in den Rücken«, sagte er laut,

nun den beiden Kripobeamten, die vor der Leiche standen, zugewandt.

»Das mit dem Arm wird er nicht mehr gespürt haben, sonst wenig Spuren durch das Wasser, der ist noch nicht lange tot, schätze gestern Abend, mehr später.«

»Danke, Hajo«, entgegnete Beate Müller.

Sie wusste sofort, um wen es sich handelt, auch wenn nur wenig von seinem Gesicht übrig geblieben war. »Scheiße«, brachte ihr Kollege, Hubert Kaiser, heraus, mehr nicht.

Auch er hatte ihn erkannt und wusste, dass das für Beate ein schwerer Moment sein musste. Ihre Geschichte war zwar schon einige Zeit vorbei, aber sie hatte ihm mal in einem der wenigen vertrauten Momente erzählt, dass es sehr weit gegangen war, weiter als alles, was sie sonst mit Männern erlebt hatte.

»Bist Du okay?«

»Ja, es geht.«

Beate kämpfte mit den Tränen, wollte sich aber hier vor den Kollegen keine Blöße geben. Privates und Dienstliches hielt sie fein säuberlich auseinander, sie konnte das viel besser als andere in ihrem Job. Auch wenn viele ihrer Kollegen ihr Privatleben immer wieder zum Anlass nahmen, an ihren Fähigkeiten bei der Arbeit zu zweifeln, trennte sie das strikt. Alle Anfeindungen, alle Mobbing-Versuche perlten an ihr ab wie Regentropfen an der Fensterscheibe. Sie fragte sich oft, wie sie so unterschiedlich sein konnte: präzise, fast pedantisch im Job, chaotisch, manchmal absurd im Privaten.

Sie konzentrierte sich auf ihre Mitte. So nannte sie es, wenn es darum ging, Dinge, die jetzt störten, auszublenden. Stören konnten jetzt die Gefühle, die sie für Matthias Kerner hatte, der nun tot und verstümmelt vor ihr lag. Die Gefühle waren nicht erloschen, als sie sich trennten. Sie blieben, auch jetzt. Konzentration, Mitte, jetzt. Sie sah ihren Kollegen fragend an.

»Was meinst Du?«

»Erschossen, irgendwo da drüben«, Hubert

Kaiser zeigte auf das gegenüberliegende Westufer der Kieler Förde. »Hindenburgufer, vielleicht Tirpitzmole. Ich check mal, wie die Strömungen hier laufen.«

»Okay, dann wissen wir vielleicht schon mal, wo der Tatort war, hier wird das wohl kaum gewesen sein.«

Die beiden drehten sich um und gingen hinter der Absperrung zu ihrem Wagen, der am Wendehammer des Strandweges stand.

Eine sogenannte bessere Gegend war dieser Ort am Wasser, kurz vor den Toren zu Kiels ehemaligen Arbeitervierteln Dietrichsdorf und Gaarden. Lotsen und Kapitäne hatten hier in Möltenort ihre Häuser vor 100 Jahren gebaut. Längst hatten wohlbetuchte Kieler das Viertel entdeckt. Einige Lotsenhäuser waren inzwischen imposanten Neubauten gewichen. Die Ostseite der Förde war eigentlich die bessere Seite der Förde, hier sorgte die Sonne auch am Abend noch für Licht und Wärme, wenn im Westen schon lange kein Sonnenstrahl mehr die Prunkbauten im Villenviertel Düsternbrook beschien.

Wenn nur nicht die Werften wären, die zwischen Hörn und Schwentine die sonnigen Plätze besetzt hielten.

Beate und Kaiser fuhren mit ihrem Dienst-Passat gerade an den Toren der Howaldtswerke vorbei, HDW war immer noch der größte Arbeitgeber der Stadt. Das Werftengelände war riesig und versperrte den Bewohnern des dahinter liegenden Stadtteils Gaarden den Zugang zum Meer.

Die früher einmal von Ur-Kielern und Studenten bewohnte Gegend ging nach und nach unter, wurde mehr und mehr zum Ghetto. Sie fuhren die Werftstraße weiter, die Halle 400 und die Neubauten rund um den Germaniahafen lagen nun zur Rechten. Dort sollte das neue Kiel entstehen, Business-Kiel. New-Economy-Träume waren hier schon geträumt worden und geplatzt. Doch nachdem die einstigen Werftbrachen weggeräumt waren und Internetstars wie mobil.com-Gründer Schmid vollmundige Zukunftsvisionen vorgestellt hatten, platzte der ganze Rummel. Jahrelang stand die Halle 400, eine alte Werfthalle für den U-Bootbau, allein auf freier Pläne. Ein paar Medienunternehmen hatten immerhin für ein halb volles Haus gesorgt. Die Regionalstudios von Sat1 und RTL hatten hier eine standesgemäße Adresse gefunden. Auch Kerners früheres Magazin hatte hier ein paar Jahre residiert. »Hauptsache hip«, hatte er Beate über diese Zeit gesagt.

»Fahr mal rechts ran«, Kaiser fuhr den Wagen bis fast an die Kaimauer vor den Hörn-Arkaden. »Ich geh zu Fuß.« Beate stieg aus. Kaiser kannte das schon. Sie hat einen Wanderwahn, sagte er zu Kollegen. Wann immer es ging, ging sie. »Ich brauch das zum Nachdenken«, war ihre Standardrechtfertigung, auch wenn sie riskierte, dadurch zu spät zu Konferenzen zu kommen. Heute war für Kaiser klar, warum sie allein sein wollte.

Sie ging am Hörn-Ufer entlang, blickte auf die wenigen Schiffe, die an der Kaimauer lagen. Viele Mordfälle hatten sie nicht, hier in der Provinz. Der Tote wird Schlagzeilen machen, das war ihr klar.

Matthias war Journalist, hatte beim Kieler Anzeiger gearbeitet, später ein Regionalmagazin gegründet. Vor einigen Jahren hatte eine Artikelserie einiges Aufsehen erregt. Machenschaften zwischen Politik und dem Kieler Anzeiger hatten zu Rücktritten im Rathaus geführt. Auch der damalige Geschäftsführer des Lokalblattes musste seinen Hut nehmen.

In einer Stadt wie dieser kannte man eigentlich immer alle. »Dorf auf Weltniveau«, hatte es mal eine Freundin genannt. »Viel Wind, wenig dahinter«, kommentierte es Reiner, ihr früherer Mann, der durchs Studium hier gelandet und durch sie hier geblieben war.

Sie nahm ihr Handy und rief Karl Stiller an. Er meldete sich nach fünf Klingelzeichen. »Stiller?«

»Beate hier, Matthias ist tot.« Stille. Beate konnte sich vorstellen, wie es in Stillers Kopf ratterte, wahrscheinlich lag er noch im Bett. Sein Job fing erst um halb Elf an. Er arbeitete noch immer beim Kieler Anzeiger. »Was ist passiert?«

»Er wurde ermordet, erschossen.«

»Mein Gott.«

Beate hatte die Klappbrücke erreicht, die den neuen Teil der Stadt mit dem alten verbindet.

»Können wir uns treffen?«

»Später, ich muss erst ins Büro. Sagen wir heute Mittag, bei Umberto?« Umberto war ein italienisches Restaurant in der Innenstadt. Hier traf sich die halbe Stadt zum Mittag, darunter auch viele Journalisten des Anzeigers.

»Okay, halb eins?«

»Bis dann.«

2 On The Turning Away

(Havarie, Seite 23)

Es war viertel vor elf. Angela stand vor dem Spiegel und war mit sich zufrieden. Heute morgen bei Kiels Prominenten-Frisör im Düsternbrooker Nobelhotel »Maritim« war sie noch unsicher, ob die Frisur so richtig war, jetzt fand sie alles bestens.

Als letztes kam der Hut. Das i-Tüpfelchen, passend zum Chanel-Kostüm.

»Okay«, dachte sie, »here we go.«

Sie verließ das Haus und bahnte sich den Weg durch die Menge. Dicht gedrängt waren die Zuschauer auf dem gesamten Werftgelände verteilt. Schiffstaufe war im Kieler Stadtteil Friedrichsort auch immer ein Volksfest. Sie hörte die Musik des Spielmannszuges aus der Ferne. Ein Umzug setzte sich bei jeder Taufe durch den Stadtteil in Bewegung.

15

Es war für Angela immer wieder beeindruckend. An diesen Tagen hatte sie ein Gefühl dafür, dass die Werft nicht nur Geld abwarf. Sie war etwas ganz besonders für die Menschen, die hier arbeiteten und lebten.

Während die Menschenmassen in Richtung Docks und Helling strömten, ging Angela in die entgegengesetzte Richtung, zum Eingang. Dort warteten Klaus Neubach und Günter Petermann, der ungeduldig zur Uhr schaute, bereits.

Taufe war für jeden in der Werft der Höhepunkt des Schiffsbaus, egal ob Schweißer, Buchhalter oder Geschäftsführer. Wer wollte, durfte mitfeiern, die geladenen Gäste feierten mit Champagner, alle anderen hatten traditionell immerhin Anspruch auf eine Wurst und ein Bier in der Werkskantine.

Eine der Sekretärinnen war für die Blumensträuße zuständig. Bei Taufen überließ Klaus Neubach nichts, aber auch gar nichts dem Zufall. Die Blumensträuße wurden vorher ausgesucht, damit sie zur Farbe der Kleider passten. Das anschließende Festmenü im Hotel

16

»Maritim« wurde drei, vier Mal probegegessen, bis es passte.

Nun schaute auch Klaus Neubach zur Uhr. Fünf vor, es wurde Zeit. Vor der Taufe waren alle nervös, alles was schief gehen konnte, wurde schnell zum bösen Omen für das Schiff erklärt. Der Aberglaube wurde zwar weniger, aber ganz war er nicht wegzudenken. Da kam der Mercedes durch die Polizeiabsperrung. Herbert Linndner, Reeder aus Bremen, stieg zuerst aus. Er reichte seiner Taufpatin die Hand. Sina Relinghorst war diesmal die Glückliche. Taufpatin war immer eine Frau und es war immer Sache des Reeders, sie zu bestimmen. Diesmal war es die Tochter des Hauptfinanziers des Tankers. Die stolzen Eltern stiegen aus dem nächsten Mercedes aus.

»Mein lieber Neubach«, Linndner ging auf die beiden Geschäftsführer zu. »Ich freue mich, wieder bei Ihnen zu sein, Stapellauf in Kiel ist für mich und meine Frau immer ein besonderes Ereignis.« Bei diesen Worte erinnerte er sich dann auch an seine Frau und half ihr aus dem Wagen. Sie erhielt, wie die anderen Damen *umgehend den jeweils farblich passenden Blumenstrauß.*

Dann wies Klaus Neubach den Weg. »Wenn ich bitten darf.« Der engste Kreis wurde nun von einer Delegation der Geladenen begleitet, die sich ihre Kanzel-Pässe am VIP Tresen abholten. Auf der Taufkanzel hatten nur knapp 20 Leute Platz, entsprechend sorgfältig suchte Klaus Neubach die Auserwählten aus.

Diesmal waren der Bremer Wirtschaftsminister Fink und sein Amtskollege aus Kiel mit von der Partie. Die beiden hatten hinter den Kulissen einige Finanzprobleme aus dem Weg geräumt, um den Bau des zweiten Doppelhüllentankers für die Bremer Reederei zu ermöglichen. Die Gruppe war auf dem Weg zur Helling, der schräg zum Wasser abfallenden Fläche auf dem die Neubauten entstanden. Das Heck des Tankers ragte 15 Meter hoch über die niedrigen Häuser der Umgebung.

Anders als beim Konkurrenten HDW wurden die Schiffe bei Neubach sozusagen unter Aufsicht der Öffentlichkeit gebaut. Der Bug des Schiffes ragte fast bis zum Zaun, der direkt an der Straße verlief. Langsam ging sie die Stufen zur Kanzel hinauf. Nur keinen Fehler machen, *dachte die Taufpatin, ein blutjunges, ziemlich dummes Ding, das es allein Papi zu verdanken hatte, hier heute die Ehre zu haben. Klaus geleitete sie hinauf, Angela folgte mit Reeder Linndner. Dahinter und immer aufs Neue genervt, weil nur in zweiter Reihe bei den Taufen, folgte Petermann mit der Gattin des Reeders. Danach gingen, ohne feste Reihenfolge, die anderen Mitglieder der Kanzel-Crew an »Bord.« Die Kapelle des Friedrichsorter Spielmannszug intonierte inzwischen eine Variation aus »Muss i denn« und »Ick hev mal 'n Hamburger Vermaster.« Dann gab Petermann ein Zeichen und die Kapelle kam zum Schluss.*

»...taufe ich Dich auf den Namen „Sealord“. Ich wünsche Dir immer eine Handbreit Wasser unter dem Kiel und allzeit gute Fahrt.« Und nun knallte Sina Relinghorst die Flasche mit aller Kraft gegen den Schiffsrumpf. Sie hätte sich nicht so ins Zeug legen müssen: Man hatte inzwischen dafür gesorgt, dass da nichts mehr

19

schief gehen konnte und der Champagnerflasche eine automatische Beschleunigung gegeben, damit sie sicher am Rumpf zerschellte.

Der Beifall brandete auf, die Gäste auf der Taufkanzel waren ebenso begeistert, wie die Menschen, die in der Nähe der Würstchenbuden und Bierständen das Schauspiel verfolgten. Und dann kam Petermanns Einsatz, die sogenannten Pale, die Stützen unter dem Schiffsrumpf, wurden der Reihe nach weggeschlagen. »Pal eins, los«, gab er ins Walki-Talki. Hinten am Heck des riesigen Tankers holten zwei Schiffbaumeister mit Vorschlaghammern aus und schlugen die Pfähle weg, die den Rumpf des Schiffes auf dem Trockenen in Balance hielten. Die Helling hatte einen Neigungswinkel von 5 Grad und war mit Schmierseife eingerieben worden. »Pal zwei, los«, gab Petermann ins Sprechgerät, zwei weitere Neubacher schlugen die nächsten Stützen weg. Jetzt begann das Schiff zu ächzen, die Stahlplatten rieben sich gegeneinander, das Schiff setzte sich millimeterweise in Bewegung.

»Pal drei, los«, Petermann sprach ganz ruhig, obwohl es in ihm brannte. Das war sein Moment,

das war der Lohn für die Arbeit. Seine Arbeit. Denn ohne ihn, würde der Riesentanker jetzt nicht in die Förde rutschen. »Pal vier, los.« Er liebte und hasste diese Momente auf der Taufkanzel. Er hatte hier auf der Werft das Sagen, alle Betriebsabläufe wurden durch ihn gesteuert, jede Bestellung musste durch ihn genehmigt werden. Ohne ihn kein Tanker. Aber ich bin halt nicht mit einem goldenen Löffel im Mund geboren worden, sagt er zu sich und blickte rüber zu Neubach. Er war wie er meinte, sicher aus gutem Grund, vom Seniorchef zum gleichberechtigten Geschäftsführer neben Klaus berufen worden. Alle Betriebsabläufe lagen unter seinem Kommando. Klaus war für die Akquise zuständig und für die Außenrepräsentanz. Für Smalltalk und große Reden, wie heute. »Pal fünf, los.« Jetzt nahm das Schiff Fahrt auf und rutschte zentimeterweise, langsam schneller werdend über die Helling, das Heck berührte jetzt das Fördewasser.

»Pal sechs, Pal sieben, Pal acht«, jetzt zischte der Tanker in die Förde. Der Schwung reichte, um ihn einige zehn Meter ins Wasser zu

befördern. An Bord waren Mannschaften, die die Leinen der Schlepper einholten. Noch war der Tanker ja nichts als eine Hülle, ohne Maschine, ohne Führerhaus war er auf die Hilfe der Schlepper angewiesen. Die verbrachten den Tanker zum Kai der Neubachwerft. Schon am Nachmittag wird die Brücke auf die Hülle gesetzt, erhält das Schiff Kontur. In einigen Wochen wird der Tanker an die Reederei übergeben.

»Wird auch Zeit«, dachte Klaus, »die Werft braucht frisches Geld.« Ein Drittel hatte die Reederei bei Auftragserteilung auf den Tisch gelegt, das zweite Drittel war heute fällig. Der Rest folgt bei Ablieferung, jedenfalls wenn keine Reklamationen kamen. Bei der Linndner Reederei war das meist nicht der Fall. Das waren noch ordentliche Geschäfte dachte Klaus. Aber das wurde mehr und mehr die Ausnahme. Reedereien forderten inzwischen viel, die Werften durften sich um die Charter, die Finanzierung, meist auch um die politische Rückendeckung der Finanzierung kümmern. Und zum Schluss gab es die, die dann nicht die volle

*Summe zahlen wollten. So ein Tanker wie die
»Sealord« kostete immerhin mehr als 100
Millionen Mark. Das Geschäft wurde immer
riskanter. Aber Klaus wollte sich heute nicht die
Laune verderben lassen. Das war sein Tag, das
war der Tag, für die sich all die Mühe lohnte.*

*»Sehen Sie, war doch ganz einfach«, Klaus
scherzte mit der Taufpatin. Die Kanzel-
Gesellschaft applaudierte dem Schiff hinterher
und schaute sich an, wie die Schlepper den
Tanker einfingen und beibrachten. »Meine
Damen und Herren«, Klaus verschaffte sich mit
lauter Stimme Gehör. «ich darf Sie nun bitten,
als Gäste der Reederei Linndner und der
Neubachwerft uns ins Maritim zu folgen, wo wir
den glücklichen Stapellauf der „Sealord" feiern
wollen. Angela bewunderte die Veränderung, die
sich bei ihrem Mann an solchen Tagen abspielte.
Aus dem genervten, mundfaulen, langsamen, fast
gekrümmten Opfer all der Leiden dieser Welt,
wurde ein vor Spannkraft protzender eloquenter
Mann von Welt. »Er hätte Pressesprecher
werden sollen«, dachte sie, »das wäre der Job
für ihn gewesen.« Angela und Klaus nahmen die*

Taufpatin in ihre Mitte und stiegen in den bereitstehenden Firmen-Mercedes ein. Die anderen Wagen schlossen sich an, langsam nahm die Wagenkolonne Fahrt auf, als letztes schloss der Bus für die ausgewählte Belegschaft an. Die Meister der Abteilungen suchten die rund 50 Arbeiter aus, die die Ehre hatten, gemeinsam mit ihren Ehefrauen oder Partnerinnen am großen Festmenü teilhaben durften.

Das Hotel »Maritim« lag an einem Sahnestück der Landeshauptstadt. Auf einer Anhöhe direkt an der Förde im Nobelviertel Düsternbrook. Das Gebäude aus den 70ern war nicht schön, aber der Blick daraus atemberaubend. Die Hotelangestellten geleiteten die Tauf-Gäste in den Saal »Friesland.« Von hier aus konnte man sogar noch bis zur Werft sehen, die »Sealord« lag am Pier, die Arbeiten daran hatten bereits begonnen.

»Meine sehr verehrte Taufpatin, lieber Herr Linndner, liebe Gäste, liebe Mitarbeiter«, Klaus Neubach ließ es sich nicht nehmen die Eröffnungsrede zu halten. Später würde auch

Petermann noch etwas sagen, der Reeder natürlich und ein Sprecher der Mitarbeiter. Aber jetzt war er dran. »Wieder mal ein großer Tag für uns Neubacher.«

3 Shine On You Crazy Diamond

Wer hätte ein Interesse an seinem Tod haben können? Raubmord schloss Beate sofort aus. Warum, wusste sie selbst nicht. Aber bei einem Mann wie Matthias wäre das zu lächerlich gewesen. Außerdem wurden Raubmorde meist eher aus der Situation heraus und selten mit einer Schusswaffe durchgeführt.

Sie war sofort davon überzeugt, dass es mit seiner Arbeit zu tun hatte. Seine Vorliebe für investigativen Journalismus hatte ihm weder viele Freunde noch viel Glück eingebracht. Sein Magazin ist pleite gegangen, er arbeitete an Buchprojekten. Zum Teil Auftragsarbeiten, zum anderen Teil die Arbeit an einem neuen Roman. Sein erstes Werk hatte für allerlei Unruhe in Teilen der Upper Class der Fördestadt geführt. Ausführlich beschrieb er darin, wer in Kiel das

Sagen hatte. Viele erkannten sich selbst oder Menschen aus ihrem Bekanntenkreis darin wieder. Die Liebe zum Detail führte bei einigen zu peinlichen Ausführungen.

Wenn er schrieb, war er in seinem Element, dachte Beate. Langsam kam sie wieder zur nüchternen Betrachtung der Situation. Natürlich muss sie sich als erstes um seine Wohnung, besser um seinen Schreibtisch kümmern. Woran arbeitete er zuletzt. Sie klappte das Handy auf und rief Kaiser an. »Fahr zu Matthias' Wohnung, wir treffen uns da.«

Beate nahm sich ein Taxi. »Schloßstraße bitte.« Die Kurzstrecke war nicht die Traumroute des Taxifahrers, soviel machte seine Mimik deutlich.

Als sie fünf Minuten später vor der Haustür stand, fiel es ihr schwer, Job und Gefühl zu trennen. Verdammt oft hatten sie sich hier getroffen. Kaiser wartete schon auf sie, gemeinsam gingen sie das enge Treppenhaus des Hinterhofhauses hinauf. Im Gebäude gab es nur eine Wohnung ganz oben. Die beiden anderen

Stockwerke waren zu Büros umgewandelt worden. Diese Stufen war sie oft hinaufgegangen. Sie schob die Erinnerungen beiseite. Der Schlüssel lag an derselben Stelle, wie sie es damals vereinbart hatten. Kaiser kannte keine Details, aber genug, um sich nicht zu wundern.

Sie schloss die Tür auf, ging voran auf dem langen Flur, roter Teppich, weiße Tapete, an den Wänden hingen vergrößerte Fotos, die er gemacht hatte. Konzertfotos, Kaiser erkannte Joe Cocker, Heinz Rudolf Kunze, ein anderes zeigte eine Sängerin, merkwürdigerweise von hinten. Kaiser blickte Beate fragend an.

»Konzertfotos, das ist Patricia Kaas, Matthias hat als Fotograf angefangen, das Schreiben kam erst später dazu.«

Sie gingen weiter zum Wohnzimmer. »Kein schlechter Blick«, kommentierte Kaiser die Aussicht auf die Nikolai-Kirche, die im Zentrum der Kieler Altstadt eine Idee davon gab, dass Kiel wirklich mal eine Altstadt hatte.

Ledercouch, dänischer Lesesessel, in der Ecke ein Schreibtisch. Rechts und links des weißen iMacs lagen Stapel von Papieren. Beate blickte sie oberflächlich durch. Viele unbezahlte Rechnungen und Mahnungen. Mit Geld umgehen war nie seine Stärke, dachte sie. Hatte er was, gab er es aus, hatte er nichts, machte er Schulden.

Links Recherchematerial, Ausdrucke von Internetseiten, Wikipedia, Google. Hauptsächlich über Schiffe und deren Finanzierungen. Nicht gerade sein Fachgebiet, dachte sie. Sie schaltete den Mac an. Mit dem typischen Einschaltton, der sie an den Schlussakkord von »A Day in the Life« vom Sgt. Pepper's Album der Beatles erinnerte, nahm der formschöne Apple seine Arbeit auf. Beate erinnerte sich, wie Matthias fast liebevoll über seinen iMac und sein Macbook gesprochen.

Kaiser setzte sich auf den Lederbürostuhl, nahm die Maus in die rechte Hand. »Kennst Du sein Password?« Nein, dachte sie, eigentlich nicht. Aber sie wusste, dass er soetwas immer sehr nachlässig behandelt hatte. Und immer

Passwörter genommen hatte, die er nicht vergessen konnte. Eine zeitlang hatte er die Albumtitel seiner Lieblingsbands genommen. »Versuch mal „darksideofthemoon".« Pink Floyd war die Band, die er am meisten geschätzt hatte, das Album hatte er oft als Bibel der Rockgeschichte bezeichnet. Aber es passte nicht.

»Weißt Du noch andere Titel von Floyd-Alben, möglichst ein Wort«, Kaiser kramte in seinem wenig ausgeprägten Musik-Gedächtnis vergeblich nach diesen Alben. Ihm lagen klassische Klänge weitaus näher.

Beate ging zum Plattenregal über der alten schwarzen Kenwood-Anlage und dem Thorens-Plattenspieler. Pink Floyd stand hier komplett: »Obscured by clouds«, »Wish You were here«, »Animals«, »Dark side of the Moon« sogar gleich dreimal in verschiedenen Aufnahmen. »Versuchs mal mit ‚Ummagumma'«, das passte zu ihm.

»Treffer«, Kaiser klickte Dateien an, die auf dem Schreibtisch lagen, öffnete den Ordner Dokumente. Offenbar Artikel, die er geschrieben hatte, aber nichts Aktuelles. Die neueste Datei war vom Januar, also zwei Monate alt. Für einen Journalisten eher unüblich, zwei Monate nichts zu schreiben.

Kaiser öffnete Safari, die Chronik des Internetbrowsers war leer. »Matthias hat immer Firefox benutzt, such mal in den Programmen.« Die Firefox-Chronik enthielt das, was sie in Papierform auf dem Tisch fanden, aber auch hier alles zwei Monate alt.

Offenbar hatte Kerner den Computer nicht gebraucht in den letzten acht Wochen. Ebensowenig die letzten Word-Dokumente. »Geh mal auf das Programm Pages, damit hat er meistens gearbeitet.« Beate erinnerte sich, dass Matthias eine nicht nachvollziehbare Abneigung gegen alles gehabt hatte, was aus dem Hause Microsoft kam.

Kaiser öffnete das Programm und ging auf den Reiter „Benutzte Dokumente". Hier waren fünf Dateien aufgelistet: »Havarie« hieß das zuletzt benutzte. Kaiser klickte darauf.

»Die Datei konnte nicht gefunden werden«, vermeldete der Computer. Auch die anderen Dateien kamen zum gleichen Ergebnis.

»Havarie? Was mag uns das wohl sagen?«

»Ich muss jetzt erstmal eines wissen«, Kaiser hatte die Frage lange unterdrückt, nun war sie überfällig.

»Wie nah standet Ihr euch? Ich weiß, Ihr hattet eine Affäre. War es mehr?«

Beate wäre froh gewesen, wenn sie die Frage hätte beantworten können. Genau genommen ging ihr diese Frage seit dem Tag durch den Kopf, als sie Matthias gesagt hatte, dass sie nicht mehr wolle. War es mehr gewesen? Zugleich ärgerte sich Beate über die Frage. Was ging ihn das an?

»Ich habe immer Job und Privates getrennt, ich gedenke, das auch weiter so zu handhaben«, entgegnete sie, kühler als gewollt.

Sie wusste, Kaiser gehörte zu denen, die ihr nicht schaden wollten. Vielleicht hatte er das

Recht, die Frage zu stellen. Aber sie wollte, sie konnte das nicht beantworten.

»Es ist ja ganz brauchbar, dass Du Passwörter knackst, weißt, wo der Haustürschlüssel liegt, und wenn Du seine Unterhosengröße kennst, hab ich auch nichts dagegen. Aber ich muss wissen, wann Du emotional zu belastest bist, um normal zu agieren. Es geht um einen Mordfall.«

Beate wusste, dass er Recht hatte, und hatte trotzdem keine Lust, sich in ihren Gefühlen zu offenbaren. Nicht hier, nicht vor einem Kollegen, nicht jetzt.

»Du kannst sicher sein, dass ich den Punkt kenne, wenn einem die Ermittlung aus den Fingern rutscht. Das ist hier nicht der Fall.«

Sie war sich sogar sicher, dass das stimmte. Kaiser gab sich zufrieden, erstmal.

Beate ging durch die anderen Räume der Wohnung, Küche, Bad, Schlafzimmer. Klar, dachte sie, da bin ich ganz cool, was soll mich denn hier schon von normaler Ermittlungsarbeit ablenken. Dann fiel ihr etwas auf.

Es war weg.

Das Laptop.

Sein iBook.

Sein iBook hatte Matthias mit ins Bett genommen. Er hatte die Angewohnheit, abends noch Mails zu checken und manchmal sogar Artikel zu schreiben - im Bett. Eine beknackte Angewohnheit, wie Beate meinte. Aber auf jeden Fall stand das Laptop am Bett, wenn er es nicht unterwegs benutzte.

Und jetzt war es weg.

»Ich glaube, er ist wieder jemandem auf die Füße getreten«, Beate sah Kaiser entschlossen an.

»Aber diesmal eine Nummer zu groß für ihn«, sagte ihr Kollege, ohne überlegenen Unterton.

4 Time

(Havarie, Seite 35)

Als er den Wagen vom Werftgelände steuerte, war er sehr nachdenklich. Was ihm sein Vater eröffnete, war nicht wirklich überraschend, doch nun stand das Wort im Raum: Konkurs.

Klaus Neubach bog hinter dem Werkstor rechts statt links ab, er wollte noch nicht nach Haus. An der nächsten Kreuzung bog er erneut rechts ab und steuerte seinen Mercedes ans Skagerakufer. Er hielt an und stieg aus. Die Kälte sprang ihn geradezu an. Jetzt im Februar war es noch immer eiskalt, auch wenn kein Schnee mehr lag. Er ging hinunter ans Wasser.

Die Wellen rauschten an den kleinen Strand, der sich hier zwischen das Werftgelände und die großen Maschinenfabrik von Caterpillar quetschte. Eine Idylle, eingeengt zwischen den wuchtigen Docks auf der einen und den großen Anlegern auf der anderen Seite. Klaus Neubach mochte diese stille Natur-Auszeit zwischen den lärmenden Industrie-Giganten. Er kam hierher, wenn er nachdenken musste. Und

35

das war jetzt der Fall. Was ihm sein Vater eröffnet hatte, war das Startzeichen für ihn. Er sollte nun übernehmen. Aus dem Konkurs sollte er eine neue Firma schmieden, die den Schiffbau in dritter Generation fortsetzen würde.

Es war klar, dass der Tag kommen würde, aber jetzt senkte sich dieser Gedanke schwerer über ihn, als er sich je ausgemalt hatte. Die Vorstellung, das Ruder zu übernehmen, verfolgte ihn nun schon mehr als 20 Jahre. Er erinnerte sich, wie in der Schule nach den Berufswünschen der Kinder gefragt wurde. Er beneidete die Mitschüler, die Rennfahrer oder Schauspieler werden wollten. Ja sogar die, die Schaffner oder Feuerwehrmann als Ziel hatten. Denn er wusste: Die konnten sich noch zehn Mal anders entscheiden. Als die Reihe an ihn kam, sagte er »Schiffbauer und Chef.« Und er wusste, dass das so kommen würde. Er hatte keine Wahl.

Er blickte auf die Kieler Förde. Auf Dock 1 »seiner« Werft waren noch Schweißer am Werk. Ein russischer Tanker war in der Ostsee havariert und nun zur Reparatur ins große Neubach-Trockendock geschleppt worden. Mit diesem Dock war sein Großvater 1945 aus Memel über die Ostsee geflohen. Die blauen und gelben Flammenspritzer der Schweißarbeiter kontrastierten mit dem Schwarz des

Docks und dem tiefen Dunkelblau des Wassers. Das Scheinwerferlicht auf den Docks spiegelte sich im kabbeligen Wasser der Förde. Seine Mutter hatte ihm mal gestanden, dass sie keine vier Kinder gewollt hatte. Aber er, der »Stammhalter«, der, der alles weiterführen sollte, kam erst als Nummer drei, nach seinen Schwestern zur Welt. Sein jüngerer Bruder war dann noch ein »Betriebsunfall«, wie seine Mutter sagte.

Weiter hinten konnte er den großen Kran von HDW sehen, der sich als Wahrzeichen der Stadt über deren Rest-Silhouette erhob. HDW, dachte er, da war keine Insolvenz zu befürchten. Wenn da mal etwas schief ging, war die Politik da und sorgte mit helfenden Händen und vor allem Steuermillionen dafür, dass HDW überlebte. Größe war ein entscheidender Faktor in dieser Branche. Wer zu klein war, ging unter. Und Klaus Neubach war sich nicht sicher, ob seine Werft groß genug war, um zu überleben. Seine Werft. Ihn fröstelte.

Und Klaus Neubach war sich nicht sicher, ob das am Winter lag.

5 Welcome to the Machine

Beate ging ins Verlagshaus, wusste aber eigentlich noch gar nicht, mit wem sie sprechen wollte. Beate fing einfach mal oben an: »Müller, Kripo Kiel, ich möchte zur Geschäftsführung, danke.«

Die Dame hinter der Schalterscheibe starrte auf den hingehaltenen Dienstausweis. Der Besuch der Polizei war ihr sichtlich unangenehm. Sie nahm den Telefonhörer und rief in der Chefetage an.

»Ich hab hier eine Dame von der Kripo für Herrn Dr. Jansen, ja, okay. Bitte gehen Sie durch die Tür zum Fahrstuhl, es ist der erste Stock, Zimmer 213.«

Beate betrat das Zimmer 213 und hatte die Wahl zwischen links und rechts oder einem

Tresen in der Mitte. Links eine Dame, rechts eine Dame, beide lächelten ihr zu. »Die Dame von der Kripo?« »Ja Kripo Kiel, ich möchte bitte mit der Geschäftsleitung sprechen.«

»Herr Dr. Jansen ist noch in einem Telefonat, ist es Ihnen recht, mit unserem stellvertretenden Geschäftsführer Herrn Meinert zu sprechen?«

Okay, fangen wir halt irgendwo an, dachte Beate und nickte stumm.

»Bitte kommen Sie.«

Fast servil kam ihr ein sehr dicker Mann mit Schnurrbart und Halbglatze entgegen, dessen wirkliche Konfektionsgröße in allem eine Nummer über dem lag, was er trug.

»Sie sind von der Kripo, was kann ich für Sie tun? Ich hoffe, ich hab nichts ausgefressen...«

Beate liebte solche Eröffnungen. »Achtung Vollpfosten« raunten sich Beate und Kaiser dann oft zu.

»Das weiß ich noch nicht, was ich aber weiß,

39

ist, dass Matthias Kerner tot ist.«

Das saß. Da wurde es bei »Mister Vollpfosten« ruhig hinter der Stirn.

»Bitte wer...«, stammelte der eben noch so vollmundige Alleswisser.

»Wir haben Grund zu der Annahme, dass Ihr Matthias Kerner gestern erschossen wurde«,

»Erschossen?«

»Erschossen!«

Beate ließ alle Ungeduld raus, sie mochte den Mann nicht und sie wusste auch, dass er eine unrühmliche Rolle in der damaligen Affäre, die Matthias mit seiner Artikelserie losgetreten hatte, spielte. Sich und seinen Posten hatte er aber retten können.

»Ja, erschossen. Das ist, wenn man jemanden mit einer Schusswaffe tötet.« Den Satz hatte sie schon öfter gebraucht, sie hatte Gefallen daran gefunden, die Tragik des Todes mit der Lächerlichkeit solcher Sätze zu verbinden. Und sie hoffte, mit ihrer gewollten, ja notwendigen Flappsigkeit niemanden zu verletzen, der tatsächlich unter dem Tod eines geliebten Menschen litt. Manchmal eine Gratwanderung, heute nicht, entschied sie.

Der Mann der ihr gegenüber saß, hatte die Feinfühligkeit einer Betonplatte. Dafür die Schweißproduktion eines Marathonläufers. Beate machte es Freude, dass ihre Eröffnung den Mann unter Feuer brachte. Also legte sie nach.

»Wollen Sie kooperieren?«

»Ja, natürlich, was kann ich für Sie tun?«

»Wir haben Hinweise, dass Kerner an einer Geschichte arbeitete, die er vielleicht auch dem Anzeiger anbieten wollte. Wissen Sie, ob das geschehen ist?«

»Ich kenne Herrn Kerner nur aus seiner Zeit, als er hier ein zuverlässiger Mitarbeiter war«, log Meinert, und Beate wusste es. Matthias hatte ihr von seinen Gesprächen mit Meinert erzählt, die Beschreibung seiner unangenehmen Fettleibigkeit konnte sie nun gut nachvollziehen.

Wie in Matthias Beschreibungen rutschte das zu kleine Hemd an einer Stelle aus der Hose, der Stuhl unter ihm ächzte unter dem Gewicht von vielleicht 140 Kilo.

»Sie hatten auch danach Kontakt mit Herrn Kerner, das wissen wir.«

»Ich hole mal unseren Chefredakteur, Herrn Wohlert, hinzu. Er stand auf und steckte den Kopf durch den Türrahmen. »Frau Blichenberg, bitten Sie Herrn Wohlert bitte her.«

Jochen Wohlert war etwas konsterniert, als die Chefsekretärin ihn für »sofort« in die Chefetage rief. »Worum geht's?«

»Kann ich Ihnen nicht sagen, eine Dame von der Kripo ist hier.«

Der bullige Chefredakteur erhob sich langsam und ging bedächtig zum Fahrstuhl. Paul Gerhard, Volontär im ersten Jahr, kam ihm aus dem Fahrstuhl entgegen, in löchriger Jeans und ausgelatschtem T-Shirt. »Gerhard«, rotzte

Wohlert, «haben Sie Urlaub?«

Überrascht reagiert der 25jährige, »nein, nein.«

»Sieht aber so aus«, schoss Wohlert heraus, dreht sich um und ließ die Fahrstuhltür zugleiten.

»Was kann ich für Sie tun?« Wohlert ging direkt auf die Unbekannte zu und streckte die Hand entgegen.

»Was können Sie mir zu Matthias Kerner sagen?«

»Guter Mann, aber zu eigen. Macht manchmal Dinge, die mir nicht gefallen, die aber richtig sind. Warum?«

Er ist tot.

»Shit, was ist passiert?«

»Genaues wissen wir noch nicht, nur soviel, dass ein Schuss in den Rücken seinem Leben ein Ende gesetzt hat.«

»Puh«, mehr war dem Chefredakteur nicht zu entlocken.

»Wissen Sie, woran Kerner gearbeitet hat, wollte er Ihnen eine Story anbieten?«

»Er hat mich letzte Woche angerufen und gefragt, ob ich eine Geschichte von ihm kaufen würde.«

Nach den gegenseitigen Anfeindungen, die zwischen Kerner und dem Anzeiger lagen, war das eine berechtigte Frage. »Hat Sie das gewundert?«

»Klar, das war ein schwieriges Verhältnis zwischen ihm und unserem Blatt.«

»Und wollten Sie die Geschichte nehmen?«

»Er hat mir nicht konkret genug gesagt, worum es ging. Er wollte noch Details prüfen, bevor er damit rauskommen wollte, sagte er. Ich hab ihm gesagt, wenn die Geschichte gut ist, nehme ich sie.«

»Trotz   der«,   Beate   überlegte   eine

Formulierung, »Vorgeschichte?«

»Natürlich, wir sind beide Journalisten, eine Story ist eine Story, das hat nichts mit Gefühlen zu tun.«

Beate wusste, dass er log.

6 Arnold Layne

Die Straße war jetzt, kurz nach Mitternacht, menschenleer. Er ging am Gutenberg-Gymnasium vorbei, dachte an die traurige Berühmtheit, die Erfurt durch den Amoklauf eines Jugendlichen an dieser Schule erfahren hatte. Und dachte daran, dass die Zeit reif war, dass die Menschen Erfurt anders in Erinnerung behalten sollten: Als Keimzelle des Aufbruchs für ein neues Deutschland.

Er hatte es so satt, von linken Spinnern, versifften Schlampen und stinkenden Ausländern herumgeschupst zu werden. Die allerletzten Jobs ließ man für ihn übrig, die Wohnung, die er sich mit der beschissenen Bezahlung leisten konnte, war ein Loch.

Er ging die Straße entlang und näherte sich dem Petersberg von hinten. Die alte Festung, die vom Mainzer Erzbischof im 17. Jahrhundert errichtet worden war, um die Erfurter zu bewachen, war im Sommer beliebter Treffpunkt der Studentenszene, die hier grillten, chillten und feierten, oft bis weit in Nacht hinein. Jetzt, im Februar, war hier kein Mensch. Nur er und, so hoffte er, sein Kontaktmann. Vereinbart war 0:30 Uhr an dem leerstehenden ehemaligen Lager gegenüber den Festungsmauern.

Er blieb stehen, zündete sich eine Zigarette an.

Warten.

Die Minuten vergingen.

Fünf nach halb.

Hatte er sich zu viel versprochen von dem Angebot? Als er die Mail erhielt, war er wie elektrisiert. Endlich fragte man ihn, wie weit er gehen würde. Und er antwortete, weiter als alle anderen vor ihm. Es musste endlich Schluss sein mit der Besserwisserei der roten Brut, mit den immer gleichen Lügen in der Presse, mit den Geschenken an Ausländer, mit dem Gesülze der Merkel-Hörigen. Mit der Lügenpresse wollte er anfangen. Er hatte da seine Pläne.

Er wollte einen entscheidenden Beitrag leisten,

für die Bewegung. Er würde weit gehen, bis zum Letzten. So hatte er seinem Kontaktmann versichert. Wenn man ihn mit den notwendigen Mitteln versorgte, wollte er sehr weit gehen.

Nun hatte er Zweifel, war er einem Fake aufgesessen?

Oder dem Verfassungsschutz?

Aus dem Gebüsch vor dem alten verfallenen Gebäude bewegte sich ein Schatten, kam auf ihn zu.

»Sturm 18?« Das verabredete Codewort.

»Ja, hier.«

»Ich hab da was für Sie«, der Schatten nahm die Kontur eines etwa 1,80 Meter großen Mannes an, schwarze Lederjacke, einen in einem Tuch eingewickelter Gegenstand in der Hand.

»Sie wissen, wie man mit so etwas umgeht?«, sagte er, während er den Gegenstand auspackte.

»Ich glaub schon, war beim Bund.«

»Gut, Sie unterrichten uns laufend über Ihre Vorhaben«, das war keine Frage, das war ein Befehl.

»Ja, wir mailen. Die Verbindung, die Sie aufgebaut haben ist safe?«

»Natürlich, wir sind keine Anfänger, wir erwarten von Ihnen ebensolche Professionalität.«

Der Mann übergab Thomas einen Umschlag, er konnte einen Stapel Geldschein erfühlen, er hoffte, es waren Hunderter.

»Sie können sich auf mich verlassen.«

Der Schatten drehte sich wortlos um und verschwand im Schatten des Lagers.

Er öffnete den Umschlag, leuchtete mit seinem Handy und zählte 20 Scheine, grüne.

7 Another Brick In The Wall

(Havarie, Seite 65)

»Anstrengender Tag?«

»Ja, verdammt anstrengend.«

Sie lebten in einer 80 Quadratmeter Maisonettwohnung in der Holtenauer Straße. Wenn Klaus von der Werft kam, musste er über die Hochbrücke den Nord-Ostsee-Kanal passieren. Für ihn immer der Moment, an dem er sich vom Job verabschiedete. Jedenfalls solange es ging. In letzter Zeit nahm er ihn immer mehr mit nach Haus. Denn die Lage war alles andere als gut.

Seit drei Jahren arbeitete er nun im Familienunternehmen, der großen Werft in Friedrichsort. Als rechte Hand seines Vaters, auf dem Gelände nannte man ihn den Juniorchef. Es war klar, dass er den Betrieb eines Tages übernehmen würde. Doch dass es schon so bald werden würde, war ihm erst seit heute klar. »Junge, ich werde Insolvenz anmelden müssen«, Helmut Neubach tat sich schwer mit diesen Worten. Er saß hinter seinem Empire-

Schreibtisch und stütze den Kopf schwer auf dem linken Arm. Mit der rechten Hand klopfte er monoton auf die Schreibtischunterlage. »Wir kriegen das nicht mehr hin, die Krise überspült uns.

Werftenkrise, dieses Schlagwort kannte man in Kiel seit den frühen 70er Jahren. Diese Stadt hatte seine Existenz den Werften zu verdanken. Zehntausende arbeiteten bei den drei größten Arbeitgebern der Stadt. Howaldt, Friedrich und Neubach. Das waren drei Namen, die in Kiel jeder kannte. Inzwischen war die Howaldtwerft, fusioniert mit anderen Werften, vom Thyssen-Krupp-Konzern übernommen worden. Doch die beiden Kleineren blieben Inhaber geführte Unternehmen. Die Werftenkrisen hatten sie mit Spezialisierungen zunächst überstehen können. Neubach konzentrierte sich auf den Bau von Spezialschiffen, besonders die auf der Werft erfundenen Doppelhüllentanker. Aber Kapitalmangel hatte schon Größere in der Branche kaputt gemacht. Denn Schiffe werden von den Werften inzwischen komplett vorfinanziert. Der Reeder zahlte erst bei Übergabe, solange musste jede Schraube und jede Arbeitsstunde vom Planer bis Schweißer aus der Werftkasse bezahlt werden. Umso gefährlicher wurde es, wenn Auftraggeber Konkurs anmelden mussten. Dann blieb meist nur noch der Ramschverkauf, um wenigstens einen Teil der Kosten wieder hereinzuholen. Genauso gefährlich wurde es, wenn die Banken keine ausreichenden Sicherheiten mehr sahen, um Kredite zu geben. Da halfen dann auch volle Auftragsbücher gar nicht mehr.

»Kesselmacher war vorhin hier«, Helmut Neubach bedeutete seinem Sohn sich zu setzen.

»Immerhin kommt er noch und zitiert uns nicht zu ihm.«

»Aber davon können wir uns nichts kaufen. Wenn nicht noch ein Wunder geschieht, drehen die uns den Hahn zu«, er pustete die Backen auf und ließ die Luft mit einem deutlichen Geräusch heraus. »Dann können wir hier einpacken.«

»Aber wir haben doch Folgeaufträge ohne Ende, das können die nicht machen.«

»Oh doch, sie können. Und sie werden.«

»Vater weiß nicht mehr, wie es weitergehen soll. Er denkt an Konkurs«, Klaus ließ sich in das elegante Designersofa fallen, dass Angela vor weinigen Wochen bei Schöner Wohnen ausgesucht hatte.

»Und was heißt das für uns?« Sie war mehr als irritiert, sie hatte mit einem Mal Angst.

»Das werden wir sehen.«

»Was heißt das, Klaus? Verlierst Du Deinen Job?«

»Ach Quatsch, wir müssen nur über neue Konstruktionen nachdenken.«

»Aber wie ist es denn soweit gekommen, da läuft doch ein Tanker nach dem anderen vom Stapel?«

»Ja, die Auftragslage ist gut, aber uns fehlt Kapital, Vater hat zu viel in die Schiffsbeteiligungen gesteckt.«

Die Neubachwerft hat sich, um die Auslastung zu maximieren, immer an den Schiffsbauten beteiligt. Dadurch war der Kapitaldienst der Auftraggeber natürlich entsprechend geringer. Bei guter Auslastung der Schiffe kamen sogar noch Gewinne herein. Aber jetzt steckte der weltweite Handel und damit auch der weltweite Transport in einer Flaute. Somit hätten die Schiffseigner nun Geld nachschießen müssen. Geld, das nicht da war.

8 Us And Them

Sie traf Stiller um halb eins. Das Restaurant war nur wenige Schritte von Matthias Wohnung entfernt. Stiller saß hinten rechts in dem kleinen Restaurant. Der Wirt kannte die beiden seit Jahren. Es war der einzige Kieler Gastronom, der seine Gäste permanent beschimpfte. Egal ob sie zu spät kamen oder zu früh, ob sie jeden Tag kamen oder sich lange nicht hatten blicken lassen.

Umberto meckerte und meckerte. Wenn nicht über seine Gäste, dann über das Wetter oder die Rathauspolitik. Er hatte immer Zuhörer, denn die meisten waren Journalisten oder Politiker, manche beides. Das gegenüber liegende NDR-Funkhaus spie jedenfalls Mittag für Mittag hungrige Medienleute aus, die Umbertos Angebot nicht nur wegen der Nähe schätzten. Die Verwaltungsbeamten des Rathauses sahen das ähnlich.

Die Nudeln waren sehr gut, das Steak al Aioli legendär. Beate bestellte wie immer »Spaghetti della casa«, dazu einen Rotwein. Stiller nahm den Mittagstisch und eine Selter, wie immer.

»Mit Sprudel? Okay, lass es krachen«, hatte Matthias den selten ausgelassenen Kollegen gern verspottet.

Stiller und Kerner waren völlig verschiedene Typen. Was sie einte war die Liebe zu ihrem Job und das gemeinsame Verständnis dafür, dass dieser Beruf langsam vor die Hunde ging. Wenn man das, was inzwischen gang und gäbe war, nicht bekämpfte.

Für beide war die tägliche Korruption ihres Berufsstandes ein Greuel. Inzwischen galten sie unter Kollegen eher als Sonderlinge. Leute, die es nicht normal fanden, wenn Chefredakteure Artikel in Auftrag gaben, die sich an den Wünschen der Anzeigenkunden orientieren sollten. Leute, die etwas einzuwenden hatten, wenn der Verlag der einzigen Tageszeitung im lokalen Wirtschaftsgeschäft nicht als kritischer Betrachter am Spielfeldrand, sondern als Lokal

Player mitmischte. Wenn sich wirtschaftliche Interessen nicht mehr von täglicher Berichterstattung unterscheiden ließen. Altmodisch nannten das Viele.

Am Nebentisch brachten zwei NDR-Journalisten Umberto mit ihrem Running Gag wie immer aus der Fassung. »Zweimal Pizza Hawaii, Umberto.« Nichts brachte den kleinen Mann aus dem tiefen Süden Italiens mehr in Rage, als die amerikanischen Verrohungen der italienischen Küche. Pizza Hawaii gehörte dabei ganz oben auf die Liste.

Es war laut im Restaurant, wie immer. Der Tod von Matthias Kerner war noch kein Gesprächshema, da der Name des Toten von der Pressestelle der Polizei noch unter Verschluss gehalten wurde. Beate hatte darum gebeten, um einigen Menschen aus seinem Umfeld keine Gelegenheit zu geben, sich auf die Aussagen vorzubereiten.

»Okay erzähl, was ist passiert?« Beate referierte den Ermittlungsstand. Etwas, was sie nach Dienstvorschrift natürlich gar nicht dürfte, schon gar nicht gegenüber einem Pressemenschen. Aber erstens waren ihr Dienstvorschriften schon immer völlig egal, und zweitens hatte sie unbegrenztes Vertrauen zu Stiller.

»Ich geh davon aus, dass es mit seiner Arbeit zu tun hat. Hast Du eine Ahnung, woran er gearbeitet hat?«

Stiller dachte nach. »Nicht konkret, ich hab ihn zuletzt vor zwei Tagen gesehen, hier bei Umberto. Er saß mit jemandem am Tisch, den ich kannte, wir quatschten kurz, aber offenbar sollte ich mich nicht dazu setzen. Kerner war ungewöhnlich kurz angebunden. Er trank sogar Selter.«

Beate zog die Augenbraue hoch. Matthias und Selter, dann war die Anspannung groß, keine Frage.

»Und wer war der Mann mit dem er da war?«

»Neubach, Klaus Neubach.«

»Der von der Werft?«

»Genau der.«

Stiller kannte Neubach von seiner Recherche über die Firmenpleite vor zwei Jahren. Werfentpleiten waren ja in Kiel nichts Ungewöhnliches, aber bei diesem Konkurs blieb einiges im Dunkeln. Stiller wunderte sich noch immer, dass nicht wie sonst die Landesregierung helfend zur Seite gesprungen war, um einen wichtigen Arbeitgeber zu stützen. HDW hatte diese Hilfe oft genug in Anspruch nehmen können, die Neubach Werft einige Jahre zuvor allerdings auch.

»Ich war selbst mit jemandem zum Hintergrundgespräch verabredet, deshalb hab ich nicht weiter auf die beiden geachtet. Als ich zahlte, waren beide weg.«

Umberto kam mit dem Essen an den Tisch, »Wo ist euer Dritter im Bunde«, fragte er. So wie er es immer fragte, wenn die drei nicht komplett erschienen. »Später Umberto«, tat Beate die Frage ab, zu sehr ins Gespräch vertieft. Umberto gehörte zwar nicht zu den sensibelsten Zuhörern, verstand aber schon, wann er mal die Klappe halten sollte.

»Matthias hat recherchiert zu Schiffsfinanzierungen, ist da irgendwas Neues im Busch?«

»Nicht das ich wüsste, die Werft ist immer noch insolvent, der Insolvenzverwalter hat Neubach hochkantig rausgeschmissen, hat aber auch keinen echten Plan B, wie es da weiter gehen soll. Viele vermuten, dass die Werft komplett abgewickelt und der Immobilienbesitz vergoldet werden soll.«

Das Areal und sein Umfeld waren von Kiels Werftengeschichte geprägt. Hinter der Werft Arbeitersiedlungen, und dahinter ein Stadtteil, der sich noch nicht so recht entschieden hatte, ob er sterben oder ein neues nachindustrielles Kapitel aufschlagen wollte. Die direkten Wasserlagen waren in Kiels Immobilienwirtschaft außerordentlich beliebt.

»Hat Neubach davon noch was?«

»Kaum, er ist inzwischen auch in Privatinsolvenz gegangen.« Beate hob fragend den Kopf von ihren Spaghetti.

»Echt oder getürkt?« Stiller wusste, was sie meinte. Sie hatten sich erst neulich über einen Medienunternehmer unterhalten, der seine Firmen- und Privatpleite scheinbar unbeschadet überlebt hatte. Beate hatte ihn mit seinem S-Klasse-Mercedes bestens gelaunt auf dem Weg zu seiner Strander Villa gesehen.

»Nein, echt, neben der Firmenpleite hat er auch eine sehr kostspielige Scheidung hinter sich. Das hat Zehntausende gekostet. Inzwischen lebt er vom Buchhandel seiner neuen Freundin, immerhin scheint er es beziehungsmäßig jetzt besser getroffen zu haben.«

Als Umberto nach einem Epressso fragte, winkten beide ab.

»Als wir zuletzt hier waren, hat er über Neubach eigentlich kein Wort gesprochen«, Stillers Blick ruhte auf dem letzten Schluck seines Selterglases. Beate war klar, dass er genauso trauerte, den Anschein aber zunächst nicht zuließ. Professioneller Umgang, hätte

Matthias dazu gesagt.

»Er hatte da nur wieder über den Kieler Anzeiger hergezogen, sich lustig gemacht, dass die Geschäftsführung jetzt tatsächlich den Lokalteil ins letzte Buch der Zeitung verbannt hat.«

»Letztes Buch?«

»Zeitungsjargon, die Seiten, die man zusammenfaltet nennt man ein Buch, der Anzeiger hat üblicherweise drei und das zweite Buch war inklusive der Aufschlagsseite für den Lokalteil reserviert. Jetzt ist das Lokale im letzten Buch ohne Aufschlagsseite.«

Beate konnte sich vorstellen wie das von Matthias kommentiert worden war.

»Aber da hatte er auch schon reichlich zugelangt.« Beate war es unerklärlich, wie Stiller die Abende mit ihm aushielt, spätestens um halb zwölf hatte er ein Level, dass die Wahrnehmung der beiden doch deutlich unterscheiden musste. Stiller schien ihre Gedanken zu spüren.

»Ich mochte ihn, auch wenn er ganz anders war als ich. Wir haben über vieles dieselben Ansichten gehabt. Auch wenn er ständig zu viel trank.«

Sie verabschiedeten sich vor der Tür des Restaurants.

»Bitte noch kein Wort zu deinen Kollegen.«

»Ist doch klar, sag mir Bescheid, wenn es öffentlich ist.«

»Das wirst Du dem Kieler Anzeiger entnehmen können.«

»Bis bald, ruf mich an, wenn Dir danach ist.«

9 The Dogs Of War

(Havarie, Seite 43)

Harald Neubach begab sich mürrisch auf die Reise. Jetzt, mitten im Krieg war jeder Tripp doppelt gefährlich. Man wusste nicht wann man ankam. Und außerdem wusste man nicht wie es zu Hause aussah, wenn man zurückkam. Der Krieg war der Familie im nördlichen Ostpreußen schon sehr nahe gekommen. Natürlich war die Werft in Memel ein gefundenes Fressen für die Bomben der russischen Luftangriffe. Zum Glück war deren Größe und Schlagkraft durch Hitlers Blitzkriegstrategie stark reduziert worden. Dafür war sein Reiseziel von feindlichen Angriffen weit mehr betroffen. Die Werftenstadt Kiel war seit 1941 permanent Ziel englischer, später amerikanischer Bomber. Trotzdem war sein Job bei den Howaldtwerften wichtig. Es gehörte zum guten Ton nicht gleich bei der heimatlichen Werft unterzuschlüpfen, sondern seinen Mann in einem anderen Unternehmen zu stehen. Außerdem hatte man so natürlich auch Einblicke

*in die Arbeitsabläufe der großen Konkurrenz. Zu
tun hatten beiden Werften reichlich. Hitlers
Kriegsmaschinerie sorgte schon seit vielen
Jahren für Vollauslastung. In Memel genauso
wie in Kiel. Ein Jahr sollte der Juniorchef in der
Fördestadt als Ingenieur bei der Howaldt-Werft
arbeiten.*

*»Bring denen nicht zuviel bei«, Haralds Vater,
Paul Neubach, gab sich launig beim Abschied.
Er hatte selbst bei Howaldt den letzten Schliff
bekommen, bevor er kurz nach Ende des Ersten
Weltkrieges die Schiffswerft Memel - Neubach &
Co. gründete. Harald hatte bereits bei der MAN
in Augsburg und der Bremer Vulkan in Vegesack
Erfahrungen sammeln können. Bei Howaldt
sollte der jetzt 28-jährige als selbstständiger
Konstrukteur im U-Bootbau tätig sein. »Na, ich
verrat denen schon nicht, was den Erfolg unserer
Werft ausmacht«, lachte er. Harald Neubach sah
seinem Vater noch einmal fest in die Augen,
umarmte seine Mutter und stieg ein. »Bis bald«,
sagte er entschlossen. Er stieg in die Kutsche,
die ihn zum Hafen bringen sollte.*

Am Hafen ging er die Gangway der »Wilhelm

Gustloff« hinauf. An Bord des ehemaligen „Kraft durch Freude" Dampfers waren vor allem Verwundete, die in die Heimatlazarette geschifft wurden. Das Schiff war inzwischen zum Truppentransporter umgebaut worden. Die komfortablen Passagierkabinen wurden auf jedem Quadratmeter ausgenutzt, um Verwundete unterzubringen. Davon gab es immer mehr. Denn jetzt Anfang 1943 war es mit den Blitzsiegen vorbei. Vor drei Wochen hatte die 6. Armee in Stalingrad kapituliert. Die ersten Gegenoffensiven der Roten Armee brachte die Front westwärts. Noch war in Memel nichts davon zu spüren, aber als ewige »Frontstädter« hatten die Bewohner ein Gefühl dafür entwickelt, wann sich das Rad drehte.

Die Ostsee war noch ein sicheres Meer. Die russische Marine fand eigentlich nicht statt. Allenfalls ein paar U-Boote machten gelegentlich Beute, versenkten aber eher Schiffe, die Richtung Osten fuhren. Denn die hatten die zusammengeflickten und „frischen" Soldaten an Bord. Bei Schiffen in Richtung Westen war die Gefahr groß, dass die Russen ihre eigenen Leute *auf den Grund der Ostsee beförderten. Denn an Bord waren auch hunderte russische Kriegsgefangene. Harald Neubach musste sich nicht in die Mannschaftsunterkünfte zwängen. Sein Vater kannte natürlich den Kapitän des Schiffes. Entsprechend machte ein Leutnant der zivilen Crew Platz für den Werften-Junior. Das Ablegemanöver verfolgte Harald Neubach auf der Brücke. Der Kapitän regelte alles souverän. Das Schiff schob sich über die Flussmündung langsam in die Ostsee. »Na, für Sie geht's im Westen zur Front, was?« Der Kapitän wusste, warum Harald Neubach die Passage nach Kiel gelöst hatte. »Ja, Howaldt ist meine Front. Das wird wieder sehr spannend werden.« »Ziehen Sie man bloß den Kopf ein, Kiel wird immer stärker bombardiert, das ist recht ungemütlich.«*

Als die »Wilhelm Gustloff« am nächsten Morgen in die Kieler Förde einlief, stand Harald Neubach am Bug des Schiffes. Links ragte das Laboer Ehrenmal auf. Ein kolossaler Bau, 85 Meter schob er sich in den morgendlichen stahlblauen Himmel. Der Führer persönlich hatte das Bauwerk vor sechs Jahren eingeweiht.

Ein Denkmal für die 35.000 Marinesoldaten, die im ersten Weltkrieg auf See geblieben waren. Die meisten in U-Booten. Harald konnte mit dieser Art Schiffbau noch nicht viel anfangen. Ein Schiff muss sich erhaben durch die Wellen pflügen, meinte er. Nicht einfach abtauchen. Das war das erste, was er von der Stadt sah.

Auf dem rechten Fördeufer konnte man eine Fischersiedlung erkennen, wenn man sehr genau hinsah. Strande hieß das Dorf an der Bülker Bucht, von dem man sagte, dass in den Wäldern die Freibeuter um Gödeke Michels und Klaus Störtebeker ihre Beute vergraben hatten, die sie von den reichen Pfeffersäcken der Hanse erbeutet hatten. Kiel war für die Piraten damals kein schlechtes Pflaster, wusste Harald, der sich sehr für die Geschichte der Hanse interessierte. Immerhin war es wohl die einzige Stadt, die mit Schimpf und Schande aus der Hanse rausgeschmissen worden war, weil man den Kieler Ratsherren vorwarf, mit den Piraten gemeinsame Sache und lukrative Geschäfte zu machen.

Die »Wilhelm Gustloff« schob sich langsam in

die Förde hinein. Die Schiffe, die in die Fördestadt einliefen, bahnten sich den Weg durch das Land wie ein Schnitt durch eine Sahnetorte. Langsam öffnete sich die Stadt dem Besucher, schob sich meterweise nach links und rechts beiseite. Steuerbord kamen jetzt die Schleusen des Kiel-Kanals in Sicht. Davor die Torpedofabriken in Friedrichsort. Auf der Backbordseite sah Harald Neubach langsam die Kräne der großen Werften näher kommen. Howaldt, Germania, Deutsche Werft. Das Schiff machte am Seegarten vor dem Kieler Schloss fest. Harald Neubach nahm seinen Seesack und ging über die Reling von Bord. Er rief sich eine Droschke und gab dem Chaufeur die Adresse: Niemannsweg 23. Er war gespannt, was ihn dort erwartete. Die Adresse gehörte zu einem Geschäftspartner seines Vaters, der mit der Neubach Werft schon lange Geschäfte machten: Hermann Reiter. Natürlich gewährten sie dem Sohn der Familie Asyl für die Zeit bei Howaldt. Die Villa, vor der die Kutsche hielt, ließ vermuten, dass hier genug Platz dafür war. Die Familie erwartete ihn vor der Tür. Sein Blick fiel schnell auf die Tochter des Hauses. Neben ihren

jüngeren Schwestern hob sich die junge Frau
deutlich hervor. Greta lachte ihn unverhohlen
an.

10 One Of These Days

»Die Zeitung?«, jeden Tag begann die Konferenz mit diesen Worten des Chefredakteurs, dann folgte ein gemeinsames Durchblättern der aktuellen Ausgabe. Es hätte genug Stoff gegeben, jede Ausgabe ausgiebig zu diskutieren, mal von den entsetzlich vielen Schreibfehlern abgesehen, waren auch Themenauswahl und -bewertung selten nach Stillers Geschmack. Aber das Ritual sah es nicht vor, tiefsinnige Bemerkungen zu machen. Das Durchblättern vollzog sich nach eigenen Regeln. Stiller blickte in die Runde: Hier saßen also die Blattmacher, die Ressortchefs, die Mittler zwischen dem Chef und den 120 Redakteuren des Hauses. Stiller zählte sie durch und machte sich zu den einzelnen seine Gedanken. Baumann etwa, dessen einzige Motivation zur Konferenz zu kommen darin bestand, pünktlich drei Minuten zu spät zu kommen. Eine recht skurile Art, seine Unabhängigkeit und Besonderheit zu demonstrieren. In der Tat hatte Baumann allerdings etwas Besonderes. Der Chef der Wirtschaftsredaktion durfte für sich den Luxus in Anspruch nehmen, nebenbei ein Szene-Anzeigenblatt herauszugeben.

Aber auch er hielt wie die anderen seinen Mund, wenn es um Blattkritik ging, seit die Berichte über Kiels Sportskandal rund um den Rekordhandballmeister THW zu heftigen Diskussionen in der Konferenz geführt hatten. Und leider auch dazu, dass kritische Worte von der Geschäftsführung unterbunden wurden. Nach einem Fragen aufwerfenden Artikel, den ein junger Sportredakteur geschrieben hatte, nahm der Geschäftsführer an den folgenden Konferenzen teil. Immerhin war er Vorstandsvorsitzender des THW. Mehr brauchte es nicht. Wer sich in Kiel danach über die mögliche Bestechungsaffäre informieren wollte, musste Zeitungen wie die Süddeutsche oder den Spiegel lesen.

Das Durchblättern schloss wie immer mit dem gleichen Satz: „Okay, was haben wir heute?" Stiller war fassungslos. Kein Wort über den

Mord an Kerner. Das ging gar nicht. Er wusste schließlich, dass der Chefredakteur bestens informiert war.

»Lokales?«

»Wir haben heute... «

11 Is There Anybody Out There?

Als sie das Büro verließ, war es halb acht. Ihr Chef hatte ihr sein Vertrauen ausgesprochen, die Ermittlungen zu leiten.

»Wenn wir jeden Ermittler von einer Sache abziehen wollten, nur weil er das Umfeld der Opfer oder Beschuldigten kannte, wären wir hier in dieser kleinen Stadt schnell mit unserem Latein am Ende«, hatte er zum leitenden Staatsanwalt gesagt.

»Kennen und bumsen sind ja nun doch unterschiedliche Sachen.«

»Soweit ich unterrichtet bin, ist das eine Affäre gewesen, die länger zurückliegt und Frau Müller ist sehr wohl in der Lage, Dienstliches von Privatem zu trennen.« Kriminalrat Hermanns mochte Meier überhaupt nicht. Der Staatsanwalt hatte eine latent chauvinistische Art an sich, die

73

sich mit seinen liberalen Ansichten vom Leben und leben lassen nicht decken ließ. »Frauen, Schwule und andere Randgruppen kann ich nicht ausstehen«, hatte er mal im Suff bei einem Betriebsfest gelallt. Und fand das an diesem Abend ebenso lustig wie am nächsten Tag gefährlich. Jedenfalls, was seine Karriere anging. Seitdem hatte er bei Betriebsfeiern kein Glas Bier mehr angerührt.

Beate war sich nicht sicher, ob sie das nun als Erfolg verbuchen sollte, ob sie die Ermittlungen wirklich leiten *wollte*. Sie stieg in ihren grünen MX 5, eine der wenigen materiellen Dinge, die ihr am Herzen lagen. Der März war schon ungewöhnlich mild, sie öffnete das Cabriodach, startete und gab Gas. Die Reifen quietschten mehr als ihr lieb war. »Echter Proll-Start«, dachte sie. Aber es war ihr auch egal, sie musste jetzt mal etwas aufs Gaspedal drücken. Der Fahrtwind, der durch ihr brünettes Haar fuhr und die Frisur komplett versaute, tat ihr gut. Sie hatte das erste Mal heute das Gefühl, frei atmen zu können. Sie überlegte, ob sie wirklich in ihre leere Wohnung am Südfriedhof fahren wollte und entschied sich dagegen. Sie bog in die Holtenauer Straße ein, fuhr am »Amazonas«, dem neuerlichen Treff der etablierten Szene vorbei, suchte einen Parkplatz und fand ihn nicht weit von ihrem Ziel: »Harry's Bar«.

Sie stieg die Stufen hinauf, öffnete die Tür und stand auch schon am Tresen und dem Wirt gegenüber. Die Kneipe war nicht viel größer als ein Durchschnittswohnzimmer und Harry, der eigentlich Walter hieß, nickte mit dem Kopf, während er ein Glas abtrocknete. Das war seine Art von Begrüßung, mit Überschwänglichkeiten hatte er es nicht so. Dabei war Beate hier seit zehn Jahren Stammgast. Viele letzte Absacker hatte sie hier auch mit Matthias genommen.

»Hi Walter«,

»Hi, Chardonnay?«

Walters Kommunikationsfähigkeiten waren überschaubar. Sie setzte sich an die Bar, noch war hier nicht viel los, der eigentliche Betrieb begann erst um Mitternacht. Schräg gegenüber saß eine Frau, die Beate hier schon oft gesehen hatte. Blonde Haare, Pagenschnitt, hohe Wangenknochen, polnisch oder dänisch hatte sie sich schon mal überlegt. Ihre Blicke trafen sich damals, jetzt wieder. Kurzes Nicken der Begrüßung. Doch sie blickten sich weiter an.

»Lust zu sprechen?«

Warum sie ja sagte, wusste Beate eigentlich nicht, denn sie war nicht hergekommen, um zu quatschen, sondern eher um zu trinken. Aber die junge Frau könnte ihr gut tun, das spürte sie. Sie nahm ihr Bier in die Hand und setzte sich neben Beate.

»Katharina«, stellte sie sich vor.

»Beate, polnisch oder dänisch?«

»Weder noch, natural born Kieler, und Du, griechisch-orthodox?«

Beate machte es Spaß, wie sie den Ball aufnahm, wie sie selbstbewusst das Gespräch eröffnete. Sie musste den ganzen Tag Gespräche eröffnen, da überließ sie die Gesprächsführung am Abend gern anderen. Katharina erwies sich darin als hochtalentiert.

Sie erzählte von sich Dinge, nach denen Beate gar nicht gefragt hatte, und ließ Beate auf Fragen antworten, auf die sie eigentlich sonst nie antwortete. Als sie auf die Frage kamen, was sie von Beruf seien, war sich Beate sicher, eine Kollegin oder Journalistin, wenigstens eine Anwältin vor sich zu haben.

»Fotografin, aussterbender Beruf«, gab Katharina zu Protokoll. »Kripobeamtin«, quittierte sie mit einem überraschten Augenaufschlag.

Ihre blauen Augen waren groß, ihre Nase gerade, mit einer leichten Neigung zum Stuppsigen. Was Beate auf dem Barhocker an Figur erkennen konnte, schien auf schlank, 175 groß, 60 Kilo hinzudeuten. Busen, Körbchengröße 75b. Beate schätzte sie auf Ende 20, also etwas jünger als sie. Sie bestellten noch einmal. »Chardonay, Bier, ja großes«. Als sie ihre Gläser Walter aus den Händen nahmen, berührten sich ihre Handrücken. Sie blickten sich in die Augen.

Beate liebte es bei den Affären, die sie mit Frauen hatte, dass es reichte, sich in die Augen zu sehen, um sich das Einverständnis zu geben. Bei Männern war das immer völlig anders. Es war immer der Kuss, der den Männern erst die Gewissheit gab, dass da etwas laufen sollte. Bei Frauen genügte immer ein Blick, *der* Blick, so nannte sie es.

Der Blick hatte zwischen ihnen eine neue Vertrautheit eröffnet. Sie hatten keine Eile das Lokal zu verlassen, im Gegenteil. Beate spürte wie sie immer mehr wissen wollte über Katharina, jetzt war sie es wieder, die die Fragen stellte. Vertraut. Vielleicht verknallt. Jetzt auf jeden Fall heiß.

»Gehen wir?« Katharinas Frage war rhetorisch, nachdem sie den letzten Schluck aus ihren Gläsern genommen hatten.

»Okay, wo wohnst Du?«

»Ein paar Schritte von hier, wollen wir zu mir?»

Beate war froh, dass sie das fragte. Sie

verbrachte die erste Nacht ungern in ihrer eigenen Wohnung. Hier konnte sie nicht abhauen, wenn es nicht der gewünschte Treffer war. Und Szenen, bei denen sie ihren One Night Stands deutlich machen musste, dass die Nacht definitiv vorbei ist, liebte sie nicht.

Als sie die Kneipe verlassen hatten, nahm Beate Katharinas Hand, sie gingen ein paar Schritte, genossen die schon ungewöhnlich milde Märzluft. Dann blieb Katharina stehen, drehte sich zu Beate um, sah ihr in die Augen. Das Knistern zwischen beiden, die Aufregung, was jetzt wohl geschehen werde, wie sich die andere anfühlen würde, wie sich ihr Mund, ihre Zunge begegnen würden, machte beide fast benommen.

Es war der Moment, in dem in amerikanischen Filmen das Handy klingelte und alles kaputtmachte. Aber Beates Handy war aus und sie war sich nicht einmal sicher, ob Katharina eigentlich eines besaß.

Als sie sich küssten, drehte sich alles um sie herum. Wow, dachte Beate, das ist wundervoll. Ihre Zungen berührten sich, erkundeten sich, die

Nerven setzten ihre Blitze in Richtung Gehirn ab und das antwortete mit der Ausschüttung aller Glückshormone, die es in den Silos hatte. Als sie sich voneinander lösten, lächelten sie sich dankbar an.

An diesem Abend dachte Beate oft daran, ob es pietätlos war, mit einer Frau zu schlafen an dem Tag, an dem ein guter Freund tot aufgefunden worden war. Katharina beantwortete diese Fragen mit ihren Küssen.

12 Astronomy Domine

Die Mauser C96 lag schwer in seiner Hand. Er lud die Waffe durch, nur der Sicherungsbolzen an der linken Seite hielt ihn noch vom Einsatz ab. Er wusste, dies war die bevorzugte Pistole der Waffen-SS. Er malte sich aus, wieviele Volksverräter wohl schon damit gerichtet worden waren. Nun war es an ihm, zu richten.

Er nahm seine Jacke vom Küchenstuhl, verließ seine Wohnung in der Nelkenstraße. Bis zum Verlagsgebäude waren es einige Kilometer. Die Lokalredaktion der Thüringer Allgemeinen residierte in der Nähe des Angers. Mit der Linie 90 fuhr er bis zum Domplatz. Wegen der Baustellen in der Altstadt musste er den Rest zu Fuß gehen. Durch die Marktstraße an der Krämerbrücke vorbei über den Anger zur Meyfartstraße. In der Nähe des Pressehauses wartete er. Es war inzwischen halb acht. Die Geschäfte rund um den Anger entließen ihre letzten Kunden, auch in der Lokalredaktion im Eckgebäude waren nicht mehr alle Räume erleuchtet. Jetzt erkannte er den Chef der Lokalredaktion, er zog die Tür hinter sich zu und schloss ab. Offenbar war er der letzte. Er folgte ihm entlang des Juri Gagarin Rings, dann bog er in die Krämpferstraße ein und am Gera-Ufer schwenkte er nach rechts. Das war genau das, was er erwartet hatte. Hier war nichts mehr los, die Bäume gaben etwas Schutz, die Straßenbeleuchtung war eher spärlich. Er ging schneller, war nun fast auf der Höhe des Chefredakteurs, die Waffe fest in der Hand, den Daumen am Sicherungshaken, den er nun langsam nach oben schob. Adrenalin durchflutete ihn, jetzt war der Moment, sein Einritt in die Geschichte. »Herr Köhler?«

Der Journalist drehte sich um, sah ihm direkt ins Gesicht und verstand, was nun geschehen würde. Der Schuss knallte durch die kalte Abendluft, er starrte auf den fallenden Körper. Er hatte ihn direkt in die Brust getroffen, seine Augen starrten ihn an. Kein Zweifel, er hatte perfekt getroffen. Er steckte die Waffe ein und rannte. Er kam erst viele Hundert Meter wieder zum Stehen, holte Luft. Gedanken ratterten durch sein Gehirn und dann kam da ein gutes Gefühl nach oben. Stolz. Unbändiger Stolz. Er hatte es getan. Das, wovon andere immer nur quatschten. Er hatte es getan.

13 A Momentary Laps Of Reason - One Slip

(Havarie, Seite 50)

Sie stiegen aus dem Auto, wenige Meter weiter sahen sie die »Seapike« im Trockendock liegen. Es war kalt, aber Schnee wollte nicht fallen. Der Traum von der weißen Weihnacht würde auch in diesem Jahr nicht in Erfüllung gehen. Klaus Neubach nahm Angela an die Hand und schlenderte mit ihr Richtung Haus. Er öffnete die Gartentür. Das gelbe Klinkersteinhaus ragte vor ihnen auf. Für Klaus Heimat, für Angela ungewisses Terrain. Jetzt drei Wochen nach der Verlobung und zwei Tage nach der Hochzeit war ihr noch nicht klar, welche Bedeutung dieses Haus und ihre Bewohner für sie spielen würden.

»Fröhliche Weihnacht«, polterte es hinter ihnen. Sie drehten sich um und sahen Wolfram und Inge Paulsen an der Gartentür. »Fröhliche Weihnacht«, antwortete Klaus und ging seiner Schwester und ihrem Mann entgegen. Er gab

Inge die Hand, dann Wolfram. Angela folgte seinem Beispiel. Sie reichte Inge die Hand. »Angela meine Liebe, das wird für Dich heute bestimmt aufregend – Weihnachten bei den Neubachs.« Sie gestikulierte mit den Armen um die Größe der Veranstaltung deutlich zu machen. Inge trug einen Pelz, den Angela auf nicht unter 8000 Mark schätzte. Ihr Mann Wolfram unterstützte ihren Auftritt durch eigene Schlichtheit. Einen dunklen Lodenmantel, Schal und ein mildes Lächeln nahm Angela wahr.

Greta Neubach wartete schon an der Haustür, »kommt rein, kommt rein«, flötete die First Lady der Familie. Eines der Hausmädchen nahm die Mäntel entgegen. Auf der Treppe saßen die Kinder, aufgeregt. Studierten noch mal ihre Gedichte, die sie in wenigen Minuten vortragen sollten. Angela und Klaus gingen ins Wohnzimmer. Ein drei Meter hoher Tannenbaum betonte, dass hier heute niemand ohne weihnachtliche Gefühle geduldet wurde. Reichlich bestückt mit elektrischen Lichtern, Kugeln und Lametta. Angela blieb an der Tür stehen und hielt sich am Champagner fest. Die beiden Hausmädchen gingen mit großen Tabletts von Grüppchen zu Grüppchen. Auf der Couch saß Harald Neubach, um ihn herum dampfte der Rauch seiner Zigarre. Er redete mit seinem Sohn und wurde laut. Dann fing er an zu lachen. Laut, noch lauter. Es schien, als habe er gerade einen mehr oder weniger anzüglichen Witz gemacht. Immerhin stimmte Christoph augenblicklich in sein Lachen ein. Neben Harald saß Tochter Irmtraut. Sie schien von der Konversation nicht viel mitzubekommen und starrte uninteressiert in ihr Glas, wartete, dass die Zeit verging. Vor dem Baum schlichen jetzt die Kinder herum, zwischen den Geschenkebergen, die sorgfältig für jeden der zu Beschenkenden von Greta aufgebaut worden waren. Pro Kind ein Haufen war ihre Devise. Große handbeschriebene Schilder lagen auf den obersten Geschenken. Erstaunt nahm Angela wahr, dass es auch einen Geschenkeberg für Klaus und Christoph gab.

»So meine Lieben«, eröffnete Greta, »dann wollen wir mal.« Und zu den Kinder gerichtet: »Wer macht den Anfang?« Arthur war der erste in der Reihe. Brav trug er «Denkt Euch ich habe das Christkind gesehen« vor. Am Ende Applaus von der Familie und weiter ging's mit Andrea und ihrer Blockflöte. Angela beobachtete die Szenerie. Christoph saß auf dem Sessel und starrte zu Boden. Nahm einen Schluck des Champagners und schien nicht wirklich hier zu sein. Harald schaute wenig interessiert zu den vortragenden Kindern, Klaus und Wolfram standen rechts von Angela und applaudierten pflichtgemäß. Nur Irmtraut, Klaus' zweitälteste Schwester und Mutter der beiden Vortragenden, schien wirklich Spaß an der Show zu haben.

Über allem thronte Mutter Greta. Es war ihre Show, das war mal klar. Sie führte Regie, gab Kommandos, wies die Angestellten an, hatte den Zeitplan im Kopf. Einmal im Jahr überließ sie nichts, aber auch gar nichts dem Zufall. »Na dann, ran an den Speck«, rief sie in den Raum und die Kinder wussten, sie dürften jetzt loslegen. Sie stürzten sich auf die Geschenke. Und mit ihnen, zur deutlichen Irritation Angelas, Klaus und Christoph. Sie rissen an den Paketen herum, das Geschenkpapier flog in Fetzen durch den Raum, es war ein einziges Durcheinander.

Zwischendrin hörte Angela Christophs Stimme hinter seinem Berg von Präsenten, »Mist, was soll ich mit einer Thermoskanne, will jemand tauschen, ich brauch keine Kanne.«

Angela nahm die Szenerie gefasst, aber ungläubig hin. Erwachsene Männer tobten hier durch Geschenkpapierfetzen und benahmen sich wie die Kinder seiner Schwester, die neben ihnen auspackten. Wein, Bücher, einen Kaschmirpullover legte Klaus später sorgfältig in einen bereitgestellte Tüte, zum Abtransport der Beute. Es sollte nicht der einzige Moment an diesem Abend sein, der sie mit ungläubigem Erstaunen fragen ließ, ob sie das alles mitmachen wollte. Für den Rest ihres Lebens.

Inzwischen hatten die großen Kinder wieder etwas Contenance erlangt, freuten sich über Mutters Geschenke und standen erneut mit einem Glas Champagner vor der nun gänzlich illuminierten Familientanne. Die Hausmädchen hatten bereits schnell die Reste der Verpackungen weggeräumt.

Greta stand vor der großen Schiebetür und

wartete auf ihren großen Moment. Die Familie gruppierte sich um sie. »Also dann...«, sagte sie und schob die Schiebetür auf. Der Blick der um Greta Herumstehenden konzentrierte sich nun und allein auf die große Tafel. Kerzen beleuchteten das Festmahl. Mehrere Platten bildeten das Zentrum des opulenten Mahles. Voll mit Hummer. Die roten Delikatessen türmten sich auf den sechs Platten in der Mitte des Tisches. Angela hatte noch nie soviele Hummer auf einer Tafel gesehen. Wenn sie später von der Szenerie ihren Freundinnen berichtete, sprach sie immer davon, dass sich die Tischplatten unter dem Gewicht der roten Schalentiere bogen. Natürlich Festtagsgeschirr. Die Teller mit Goldrand, die Gläser mundgeblasen.

Das örtliche Feinkostunternehmen Howü hatte geliefert. Und nicht zu knapp. Greta genoss den Anblick, ließ die Gesellschaft einen Moment in gehöriger Ehrfurcht verharren, um dann zu sagen, was sie immer sagte, am heiligen Abend: »Bitte Platz zu nehmen.« Die Sitzordnung war vorgegeben, allerdings gab es diesmal eine kleine Änderung. Natürlich saß Klaus neben seinem Vater, der wiederum selbstverständlich am Kopf der Tafel die Regie führte. Doch in den Vorjahren schloss Inge direkt an. Das war nun der Platz der Neuen. Angela saß jetzt zwischen den Geschwistern.

Wolfram Paulsen war offensichtlich froh, dass Christoph noch nicht verheiratet war, was ihm den Platz neben ihm und damit die Gelegenheit gab, über seinen geschäftlichen Erfolge zu schwadronieren. Christoph hörte geduldig zu und war seinerseits froh, sich nicht die Erfolgsstory von Artur und Andrea anhören zu müssen, die Irmtrauts Dauer- und leider auch einziges Thema war. Ihr gehörte mit ihren Kindern und Ehemann Michael dafür die zweite Tischseite. Michael Clausen wirkte bei den Familienfeiern immer etwas verloren, da er als Zahnarzt so gar nichts mit den Themen der Familie anfangen konnte.

»Wie gut, dass wir reich sind.«

Angela fragte sich, ob sie das wirklich gehört hatte? Aber ohne Zweifel, das hatte Greta gerade gesagt. »Wie gut, dass wir reich sind.«

Na, das ist dann mal Understatement, dachte sie, während sie die Hummersauce an Inge weiterreichte. Klaus übernahm die Rolle des Weinschenks. Obwohl Hummer, tranken er und sein Vater Rotwein. Bordeaux, Grand Cru. Von Howü. Natürlich.

Am Heiligen Abend durfte die Flasche dann auch gern mal 30 Mark kosten. Schon einige Wochen zuvor hatte Klaus bei einer Weinprobe des Feinkostunternehmens in der Kieler Innenstadt die richtigen Weine geordert. Er ging mit Rot- und Weißwein um den Tisch. Die Damen tranken Riesling, Wolfram Bier, Christoph alles durcheinander. Inge hatte Angelas fragenden Blick gesehen, als Greta ihr Reichtumbekenntnis zum Besten gab.

»Das sagt sie immer«, meinte Inge. Angela war nicht klar, ob dies nun beruhigend wirken sollte. »Du musst wissen, Mutter stammt schon aus einer sehr reichen Familie.«

»Du glaubst ja nicht, wieviel Geld da drin war.« Greta lief nun zur Höchstform auf. Wieder einmal erzählte sie die Geschichte von dem

Reiter-Tresor, dem Schranktresor im Büro ihres Vaters, den sie und ihre Schwester nach dem Tod des Alten öffneten.

Greta war inzwischen in aufgeräumter Stimmung. Alles hatte bestens geklappt, die Kinder freuten sich über ihre Geschenke, die Neue an Klaus' Seite machte den Eindruck, dass sie sich zumindest benehmen konnte.

Harald Neubach hatte sich jetzt, gegen zehn, schon in sein Zimmer zurückgezogen. Greta saß mit ihren Kindern am Tisch, die Hummerreste erinnerten an das teure Festmahl und der Wein hinterließ seine Spuren. Greta selbst und auch Inge hatten schon einiges intus. Bei den Männern war Christoph in einen Zustand weitgehender Apathie verfallen, Wein, Bier und Cognac verfehlten nicht die durchaus geplante Wirkung. Während Wolfram still ein Bier nach dem anderen verhaftete, knabberte Klaus an seinem dritten Glas Rotwein, hörte still dem Geschnatter seiner Schwester und seiner Mutter zu. Angela beobachtete die Szenerie mit nüchterner Aufmerksamkeit. »Also Du glaubst nicht, wieviel Geld da drin war«, wiederholte

Greta.

»Kindchen nein, Du glaubst es nicht.« Sie holte mit beiden Armen weit aus und versuchte so einen Berg von Geld zu beschreiben, der sie offenbar beim Öffnen des Geldschrankes erwartet hatte. »Wir wussten auch damals, dass wir reich waren, aber nicht, dass wir so reich waren.« Inge stubste Angela an. »Sie sagt nie, wieviel es denn nun war, aber wir haben mal gerechnet. Wenn der Schrank wirklich voll war mit Geldbündeln – und der alte Reiter hat keine Zehn-Markscheine gesammelt – dann dürften da so um die zehn Millionen gelegen haben.« Angela pfiff durch die Zähne.» Und wir reden von Bargeld, nicht von seinen Immobilen und der Tankstellenkette, die kamen ja noch obendrauf.«

Angela entwickelte jetzt eine Vorstellung davon, was Greta unter reich verstand. So reich hatte sie sich das gar nicht gedacht, als sie Klaus ihr Ja-Wort gab. Sicher war ihr klar, eine gute Partie gemacht zu haben. Aber mit so einem Vermögen hatte sie nicht gerechnet.

Pünktlich um 22.30 Uhr klingelten die

Taxifahrer an der Tür. Die Wagen waren vorbestellt, Weihnachten überließ man nichts dem Zufall. Inge und Wolfram wankten zusammen mit Christoph aus dem Wohnzimmer. Angela und Klaus hatten schon ihre Mäntel an. Greta brachte alle an die Tür.

»Kommt gut nach Haus, wir sehen uns dann morgen.« Morgen?, dachte Angela fragend. Ach ja, Teil zwei, die Gans. Same procedure? Same procedure as every year. Angela schwante, dass sie diesen Abend noch oft erleben wird.

Greta knipste das Licht im Wohnzimmer aus. Die Reste der Feier überließ sie den beiden Hausmädchen, die morgen früh um sechs zum Aufpacken kamen. Wenn sie um neun Uhr herunterkamen, war alles gerichtet. Das Frühstück würde auf dem Tisch stehen und der Duft der garenden Gans im Ofen würde das Haus einhüllen. »Wie gut, dass wir reich sind«, dachte sie, löschte das Licht und ging nach oben.

14 See Emily Play

Als Beate erwachte, musste sie sich kurz orientieren. Sie lag nackt in einem Bett, das nicht ihres war. Sie drehte sich um und sah einen blonden Haarschopf neben sich aus der gemeinsamen Bettdecke hervorragen. Angenehme Gefühle machten sich bei ihr breit. Das war schön gestern Nacht. Sie liebte den Sex mit Frauen ebenso wie den mit Männern. Mit einem Unterschied: Mit Frauen war es immer entspannter. Sex mit Frauen hatte keine Spielregeln, keine Bedingungen - fand sie. Und es war keine Machtfrage. Jedenfalls hatte sie dies nie erlebt.

Anders als bei Männern. Sex mit Frauen hatte sie als bedingungslos erfahren, das war der Reiz.

Sie schaute auf die Uhr, halb acht. Dienstbesprechung um halb neun. Immerhin noch eine Stunde. Katharina schlug die Augen auf, lächelte sie verschlafen an. Beate strich mit ihrer Hand über ihren Rücken. Ein trockener Kuss auf ihre Augen.

Am liebsten hätte sie den leidenschaftlichen Faden der Nacht wieder aufgenommen. Stattdessen setzte sie sich im Bett auf und eröffnete nüchtern, was sie immer nach einer ersten Nacht sagte.

»Hör mal, das war sehr schön, aber ich bin Kripobeamtin, mit meinem Job ziemlich verheiratet, und wenn wir das hier wiederholen wollen, musst Du Dich ziemlich auf mich einlassen, ich kann scheußlich sein, außerdem schlafe ich auch mit Männern.«

»Romantik pur«, Katharina lächelte, setzte sich ebenfalls auf, zog die Bettdecke über ihren Busen.

»Ich mag Dich, schauen wir mal, was draus wird.« Sie beugte sich zu ihr herüber und küsste sie.

Als Beate das Haus verließ, war es zwanzig nach acht, sie musste sich sputen, sie setzte sich in ihren Wagen und drehte auf der Holtenauer, wieder mit quietschenden Reifen.

Shit, dachte sie, das wird zur Gewohnheit.

Die Dienstbesprechung fand im Konferenzsaal statt. Neben Kaiser und ihr nahmen ihr Chef Kriminalrat Georg Hermanns, der Gerichtsmediziner und zwei Referendare daran teil, die für die Untersuchung die Botendienste machen sollten. Fünf nach halb neun hastete auch Jonas Schmidt herein, ein junger Kollege, der für die Pressearbeit zuständig war.

»Schön, dass sie auch hereinschauen«, Hermanns Spott war aufgesetzt und niemand lächelte.

»Okay, wir haben es hier mit einem Fall zu tun, der sehr schnell ein Medienfall werden wird, das Opfer ist Matthias Kerner, bis vor ein paar Jahren Lokalreporter beim Kieler Anzeiger und in der Stadt ja kein ganz Unbekannter. Beate, mach uns bitte mit den Einzelheiten vertraut.«

Beate war wie immer nicht vorbereitet. Das

machte sie nie, war sich immer sicher, dass sie schon das Wesentliche im Kopf hatte. Und für alles andere hatte sie zum Glück Kaiser.

»Also der Tote wurde nicht am Fundort umgebracht, dazu gleich mehr von Kaiser. Die Durchsuchung der Wohnung ergab, dass sein Laptop fehlt, außerdem scheint sein anderer Computer manipuliert worden zu sein, es sind Dokumente gelöscht, die den Namen „Havarie" trugen.« Beate sah in die Runde und bemerkte, dass die beiden Referendare an ihren Lippen hingen, während Kaiser vor sich hinschlief.

Der Gerichtsmediziner wartete auf seinen Auftritt und hörte deshalb nicht zu. Hermanns dachte wahrscheinlich darüber nach, wie er der Presse aus dem Weg gehen konnte und betete schon einmal, dass das kein »öffentlicher Fall« wurde. Genau die Fälle hasste er besonders, die Fälle in denen die Presse den Takt der Ermittlungsarbeiten vorgab. Die Fälle, bei denen Ergebnisse zählten, egal, wie sie zustande kämen.

Die Kollegen der Fahndung schliefen ihren

gerechten Schlaf, den sie mit offenen Augen bis zur Vollendung praktizierten.

»Offenbar war Kerner«, sie musste sich wirklich bemühen, ihn bei seinem Nachnamen zu nennen, »an einer Story dran, die jemandem in dieser Stadt nicht gefiel.«

Beate referierte über das Gespräch mit dem Chefredakteur des Kieler Anzeigers, dann gab sie das Wort an den Gerichtsmediziner.

»Der Tod traf vermutlich gegen 23 Uhr ein, Todesursache ein Schuss in den Rücken, Durchschuss zum Herzen, er wird sofort tot gewesen sein.

Wenigstens das, dachte Beate.

»Glatter Durchschuss, allerdings etwas ungewöhnlich». Pasternack liebte diese Kunstpausen, auch wenn er sicher sein konnte, dass sie den Schlaf der Fahnder kaum unterbrechen würden.

»Die Kugel muss schon etwas älterer Bauart gewesen sein, für heutige Waffen ungewöhnliche

Ausfransungen am Schusskanal, vielleicht mit einer Waffe aus dem letzten Weltkrieg.«

Wieder eine Kunstpause.

»Die weiteren Verstümmelungen sind eindeutig postmortum, sicherlich durch den Kontakt mit einem größeren Schiff erfolgt.«

»Auch 'ne Form von Havarie«, brummelte einer der Fahnder, erntete aber nur einen finsteren Blick von Herrmanns.

»Wenn es keine weitere Fragen gibt, würde ich dann gehen, es warten noch andere Kunden auf mich.« Beate fragte sich ob das witzig oder ernst gemeint war, bei Pasternack wusste man das nie so genau.

»Kaiser?«

Kaiser schien ruckartig aufzuwachen.

»Okay, die Strömungsverhältnisse haben uns die Kollegen von der Küstenwache erläutert. Danach muss der Tote vom Westufer herübergetrieben worden sein. Allerdings muss der Tatort nördlich des Kanals liegen, sonst wäre er eher bei HDW angeschwemmt worden.«

»Danke, Kaiser«, Hermanns machte ein wichtiges Gesicht und wandte sich Beate zu.

»Die weiteren Schritte?«

»Die Techniker versuchen, die gelöschten Dokumente zu rekonstruieren, wir müssen irgendwie an Kerners Rechercheergebnisse herankommen, ohne die sehe ich schwarz.« Beate wusste, dass Hermanns das nicht hören wollte.

»Wir müssen die letzten Wochen seines Lebens, insbesondere seiner Recherchearbeit rekonstruieren. Es liegt auf der Hand, dass seine Arbeit als Motiv ganz oben steht. Nach Aussage des KA-Chefredakteurs hatte er ihm eine heiße Geschichte angeboten. Es scheint um irgendetwas Maritimes gegangen zu sein.«

15 Bring The Boys Back Home

(Havarie, Seite 56)

Als die Maschine vom Typ B 17 um 9.35 Uhr von der Startbahn des Airfields Polebrook, Northamptonshire in Südengland abhob, herrschte beste Sicht. 324 B-17 Bomber der US-Air Force flogen an diesem Montag, dem 22. Mai 1944 in Richtung Nordsee. Ihr Ziel: das Hafengebiet der Marine- und Werftstadt Kiel. Nüchtern bilanzierte die US Air Force über die Aktion: »289 Maschinen trafen das primäre Ziel, 5 Maschinen trafen weitere Ziele. 5 B-17 abgeschossen, 210 Maschinen beschädigt. 4 Besatzungsmitglieder getötet, 3 verwundet und 78 vermisst.«

Eine der fünf Maschinen, die »weitere Ziele« getroffen hatten, stand unter dem Kommando von Major Aaron Heely. Der 26jährige Pilot aus Ohio traf eine für ihn kluge Entscheidung mit für Kiel weitreichenden Folgen, als er auf unerwartet starkes Flak-Feuer über dem östlichen Hafengebiet stieß. Er zog über der Förde einen Bogen und drehte Richtung Osten auf die Kieler Altstadt zu. Die für ihn vorteilhafte Entscheidung – er und seine Crew kehrten unversehrt nach Northamptonshire und später Ohio zurück – war für das Kieler Katasteramt weniger vorteilhaft. Von den an diesem Mittag über Kiel abgeworfenen über 50.000 Spreng- und Brandbomben entleerte Heely seine tödliche Ladung über dem Kieler Rathaus. Erfolgreich.

16 Set The Controls For The Heart Of The Sun

Als er auflegte, war ihm wieder warm ums Herz. Er fand es großartig, mit den Mächtigen dieser Stadt auf Du zu sein. Was hatte er nicht alles auf sich nehmen müssen, aber nun war es soweit, er erntete. Und das Tag für Tag.

Da blieb all die Häme, mit der er damals in der Redaktion bedacht worden war, in der Vergangen- und Vergessenheit. Damals, als die Kollegen es ihm übel nahmen, dass er sich diesen Job erschrieben hatte. Diese Scheinheiligen, dachte er, die haben jede Freikarte für den THW, jede Probefahrt vom Porschehändler mitgenommen, aber machten sich wichtig über seinen Wechsel zum Pressesprecher der Oberbürgermeisterin. Das war endlich der Ertrag für die Schufterei. Tilman Hauer hatte nicht viel übrig für die Schönfedern, die voll waren von Journalistenehre und ähnlichem Firlefanz. Ein Journalist war ein Job wie jeder andere, war Hauer sich sicher. Ein Job wie Metzger oder Busfahrer. Nur, dass er den Weg öffnen konnte nach ganz oben. Jedenfalls, wenn man es geschickt anstellte, so wie er es gemacht hatte.

Sein Weg vom Polizeireporter zum Pressesprecher der Landeshauptstadt war für ihn furchtbar gewesen. Er hasste es, zu schreiben, er konnte es auch nicht. Für einen Reporter der Lokalzeitung nicht eben eine Idealvoraussetzung, aber nicht zu ändern. Er war nicht Journalist geworden, um zu schreiben, er wusste, dass dies der Weg für ihn war, der Weg nach ganz oben.

Natürlich werde er das Treffen, um das er in dem Telefonat gebeten worden war, zustande bringen. Der Big Boss des Kieler Anzeigers will mit seiner Chefin zusammentreffen, zu einem sehr vertraulichen Gespräch. Hauer wusste, worum es gehen würde und er hatte sich bereits festgelegt, dass dieses Projekt Erfolg haben würde. Der Kieler Anzeiger brauchte Platz, Platz für seine Druckerei, die jetzt noch mitten in der Altstadt stand. Allein die Papieranlieferung war Tag für Tag ein Schauspiel. Das Hin- und

Herrangieren der großen Laster hörte man auch im neben dem Verlag liegenden Rathaus. Ökologisch inakzeptabel, befand Hauer sehr schnell im Laufe des Gesprächs, dass er mit dem zweiten Mann des KA im Ratskeller geführt hatte. Sicher könne er da ein gutes Wort einlegen, sagte er damals Reiner Meinert zu. Er wusste, dass sich das bezahlt machen würde, Meinert war nicht kleinlich, wenn jemand für ihn einen Brocken zur Seite schob. Und das Bauprojekt mitten im Naturschutzgebiet war so ein Brocken, der nur mit Hilfe der obersten politischen Stellen zur Seite geschoben werden konnte.

Hauer notierte den Termin und würde ihn noch heute Nachmittag der OB schmackhaft machen. Er wusste, dass „Sweety", wie die fotogene 58jährige Politikerin auf den Redaktions- und Rathausfluren genannt wurde, dem Projekt ihre Zustimmung nicht verweigern würde. »Was gut für den Anzeiger ist, ist auch gut für die Stadt«, hatte sie allen Ernstes bei der VIP-Party zur Neueröffnung der Ostseehalle verkündet. Damals hatten drei Unternehmen unter Führung des

Anzeigers die Halle von der Stadt gekauft. Ein Einstieg in die wirtschaftlichen Abläufe der Stadt, die viele für fatal hielten. Die einzige Lokalzeitung der Stadt mischt mit im Sumpf der Lokalwirtschaft. Journalistisch unsauber, meinten viele. Spinner, dachte Hauer, als wenn die journalistische Unabhängigkeit davon abhinge, dass sich Verlage um nichts anderes kümmern dürften, als bedrucktes Papier zu verkaufen. Hauer schaute aus dem Fenster. Der Rathausplatz war so gut wie leer, es war März und die Bäume rund um den Kleinen Kiel trugen überraschend schon erstes Grün, auch die Fontäne in der Mitte des Innenstadtgewässers war bereits installiert. Lächerlich, dachte er, auf der Alster ist die Fontäne wahrscheinlich dreimal so groß. Er hatte Kiel nie viel abgewinnen können, er hielt die Stadt immer für die hässliche kleine Schwester der großen Hansestadt. Hamburg, das war inzwischen sein großer Traum geworden. Pressesprecher bei Peter Tschentscher, das wäre schon etwas, dachte er. Aber dazu später, riss er sich zusammen und nahm den Telefonhörer in die Hand.

»Ja«, tönte es aus dem Hörer, »hier Hauer, ich hatte gerade ein Gespräch mit Jansen, er würde Sie gern in einer sehr vertraulichen Angelegenheit sprechen, ich habe Dienstag, 24. März, 21 Uhr im Kieler Kaufmann vorgeschlagen.«

»Okay, worum geht es?«

»Das würde ich Ihnen gern unter vier Augen erzählen.«

»Dann kommen Sie her.«

Hauer legte den Hörer auf, nahm eine Sichtfolie und begab sich zur schweren Eichentür an der Längsseite seines Büros. Dies war der direkte Zugang zum Büro der OB, er liebte es, durch diese Tür zu gehen, denn dies war seine Tür zur Macht. Als die OB zu Hauer aufblickte, lächelte sie. Sie lächelte eigentlich immer, wenn sie jemanden begrüßte, das war ihr in Fleisch und Blut übergegangen, sie merkte es auch gar nicht mehr. Es war auch kein Ausdruck von Freude, sondern es war ein Reflex. Ein Reflex auf die Kameras, denen sie seit Jahren nicht ein einziges Mal auswich. Kameras, denen sie sich gern stellte. Denn es verging kaum ein Tag, an dem nicht ein Foto von ihr in der Lokalpresse erschien. Hallbertz mit Bauunternehmer beim Spatenstich, Hallbertz bei der Spendenübergabe im Krankenhaus (mit Kind), Hallbertz beim Tag der offenen Tür des Tierheimes (mit Hund), beim Sommerfest des Kindergartens (mit Kind und Hund).

Hauer wusste, dass das Lächeln nichts zu bedeuten hatte, und ging auf ihren Schreibtisch zu. Das schwere Möbelstück aus den 20er Jahren hatte schon viele OBs erlebt, Nazi-Gauführer hatte hier residiert, genauso wie britische Statthalter und immer wieder Sozialdemokraten. Hallbertz war die erste christdemokratische Oberbürgermeisterin in der Segelmetropole. Und war darauf verdammt stolz, denn es war zu einem großen Teil ihr Verdienst. Sie hatte einen sensationellen Wahlkampf geführt, Klinkenputzen und Fototermine und natürlich das Angebot an Hauer. Darauf war sie einigermaßen stolz, denn das Angebot, ihn zum Pressesprecher zu machen, hatte sich bezahlt gemacht. Was für eine Presse im Wahlkampf.

»Also, was will Jansen?«

»Es geht um eine Ausweitung der Druckerei.«

»Wollen die einen Teil vom Rathaus abreißen?« Hauer lächelte gequält. Obwohl, so abwägig war das gar nicht, dachte er. Immerhin hatte die Erweiterung vor 20 Jahren auch schon Altbausubstanz gekostet.

»Nein«, meinte er dann doch darauf antworten zu müssen, »der Anzeiger will eine neue Rotation auf der grünen Wiese bauen.«

»Ich hoffe innerhalb unserer Stadtgrenzen?« Die Sicherung der Gewerbesteuereinnahmen war für Hallbertz die ultima ratio ihrer Politik, koste es, was es wolle.

»Ja, das schon, aber...« entgegnete Hauer, nun doch unsicher, wie er eröffnen solle.

»Na, nun schon raus damit Hauer, ich hab nicht den ganzen Tag Zeit.«

»Der Anzeiger präferiert einen Bauplatz an der

B 404.«

»Ja und? Da sind doch ohnehin Gewerbegebiete.«

»Ja, aber nicht links von der B 404, sondern rechts.«

»Im Naturschutzgebiet? Na die trauen sich was. Warum da?«

»Die Äcker rechts von der Bundesstraße sind natürlich etwas günstiger als die Gewerbegrundstücke links.«

»Günstiger? Die zahlen dafür nicht ein Zehntel der Gewerbeflächen.«

»Die brauchen aber auch richtig Platz«, beeilte sich Hauer das Anliegen weiter positiv zu beschreiben, »denn dort soll nicht nur der Anzeiger gedruckt werden, sondern auch die Hamburger Morgenpost.«

»Na ja, dann lohnt sich das natürlich.«

»Okay, was schlagen Sie vor?«

»Ich denke, da muss etwas ganz Großes drin sein, ich habe hier ein Konzept für die medialen Auftritte während des Wahlkampfes - ab jetzt«, sagte der Pressesprecher der Landeshauptstadt und gab seiner Oberbürgermeisterin den Plastikordner. Die OB-Wahl war für September angesetzt, Hauers Strategiepapier hatte als Zeitachse April bis September und er hatte Detail für Detail beschrieben, wie er sich die Berichterstattung über die hervorragende Arbeit der Kieler Oberbürgermeisterin vorstellte. Das Papier hatte die etwas großspurige Überschrift »Der Weg zum Sieg«, Hallbertz behagte diese Großspurigkeit nicht, aber sie blätterte das Konzept mit zunehmendem Interesse durch.

»Gute Arbeit, mal sehen, was Jansen dazu sagt.«

Das Papier enthielt Punkt für Punkt, was wie berichtet werden sollte. Über die OB, aber auch über den Gegenkandidaten der SPD. Hauer hatte dazu auch ein paar Details des Privatlebens skizziert. Nichts schlimmes, aber »richtig« dargestellt, glaubte er, werde sich die gewünschte Wirkung schon entwickeln. Hauer

war stolz auf sein »Masterpiece«, wie er es vor
sich selbst nannte. Das war keine Stümperarbeit
wie die, deren Aufdeckung vor 30 Jahren das
Land und die Republik erschüttert hatte.

Die dubiosen Machenschaften vom Medien-
referenten Pfeiffer empfand Hauer als lächerlich.
»Pfeiffer war auf den Goodwill der Presse
angewiesen, so kann man das doch nicht
machen«, erklärte er mal besserwisserisch einem
Kollegen bei einer Redaktionsparty. »Solche
Dinge kann man nur in Umlauf setzen, wenn
man bereits vorher weiß, was die Presse
schreibt«, erklärte er damals in nicht mehr ganz
nüchternem Zustand. Er erinnerte sich daran,
dass der Kollege ihn damit immer wieder hoch
genommen hatte. Als »Pfeiffer des 21.
Jahrhunderts« hatte er ihn verspottet. Vollidiot,
dachte er. Aber ihr werdet schon sehen, dass ich
recht habe. Deshalb kamen ihm die Baupläne des
Anzeigers durchaus gelegen.

17 The Show Must Go On

»Einen trinken wir noch, dann wecken wir die Kinder.«

»Die alten Zeiten«, Stiller klärte Beate auf: »Alter Spruch aus Studienzeiten.« Eine sehr unterschiedliche Truppe hatte sich zur trauerfeierlichen Kaffeetafel im Eichhof Cafe versammelt. Beate erinnerte sich, dass Matthias hier mal seine Fotos ausgestellt hatte. Die Kneipe lag gleich neben dem Max, dem erfolgreichsten Musikclub in den Tagen, als er seinen Lebensunterhalt mit Konzertrezensionen bestritten hatte. Beate hatte sich an den Tisch gesetzt, an dem auch Stiller saß. Mit ihm die früheren Studienkollegen, die sich bis heute in lockeren Abständen trafen. An den anderen Tischen waren viele KA-Kollegen, einige Freunde und seine Verwandtschaft.

Beate war überrascht, einen Staatssekretär inklusive Personenschutz beim Begräbnis zu sehen. Dazu schien er dem Anlass unangemessen bester Laune zu sein. »Das ist hier der Kreis des Politologen-Stammtisches aus dem Studium«, erklärte Stiller. Der Staatssekretär, Reiner Frisch, gehörte ebenso zu diesem Kreis, wie der Pressesprecher der Stadt, Tilman Hauer und Heinz-Peter Bartsch, Bundestagsabgeordneter der Landeshauptstadt.

»Wir hatten zuletzt nur selten Kontakt. Aber wenn wir uns trafen, hatten wir eigentlich immer Spaß«, eröffnete der Staatssekretär der – ob dieser ungewöhnlichen Offenheit – erneut irritierten Kommissarin.

Frisch gehörte zu den wenigen Politikern der Landesregierung, die über etwas verfügten, was echten Seltenheitswert in der Politik hatte: Humor.

»Aber eines war komisch«, Frisch rührte gedankenverloren in seinem Kaffee herum, wandte sich dann der Kommissarin zu.

»Obwohl wir außerhalb dieses Kreises hier selten Kontakt hatten, hat er mir vor ein paar

Tagen eine Email geschickt. Etwas ungewöhnlich auch deshalb, weil es kein Anschreiben hatte, nur einen Anhang.«

Beate horchte auf.

»Ein Buchmanuskript, ich hab keine Ahnung, warum er mir das geschickt hat. Ich kann es ja schlecht übers Kultusministerium veröffentlichen. Auch keinem Verlag empfehlen, er wusste, dass ich so etwas nicht mache, schon gar nicht, wenn er das an meine offizielle Ministeriumsadresse geschickt hatte. Er hat natürlich auch meine private Mailadresse. Ja, das war merkwürdig. «

»Hatte das Buch einen Titel?«

»Irgendwas Maritimes, ich glaube, es hieß Havarie.«

Beate wurde heiß, denn sie spürte, endlich auf so etwas wie eine Spur gestoßen zu sein.

»Können Sie mir das Manuskript zuschicken?«

»Ja, ich veranlasse das«, Frisch tippte gleich

etwas in sein iPhone. »Ist erledigt.«

»Danke.«

Beate wusste, dass sie hier nicht mehr erreichen würde und verabschiedete sich von der Trauerrunde, die inzwischen bestens gelaunt über die alten Zeiten redete.

The show must go on.

Sie stieg in ihren MX5 und löste die Bügel des Verdecks, die Märzsonne war schon kräftig genug, selbst hier an der See, um für das richtige Open-Air Gefühl zu sorgen. Sie fuhr über die Stadtautobahn Richtung Norden.

Als sie die Hochbrücke erreichte, konnte sie unten an den Schleusen des Nord-Ostseekanals einen riesigen Tanker sehen, der sich aus dem Schleusenbecken in die Förde bewegte. Ein anderer Tanker wartete bereits in dem Reedebereich zwischen Schleusen, Neubach-Werft im Norden und Marine-Arsenal im Süden.

Beate dachte über die Worte des Staatssekretärs nach. Warum hatte Matthias wohl ausgerechnet ihm das Manuskript zugeschickt?

An seine Dienstadresse. Auch wenn sie Politikern so ziemlich alles zutraute, auch das Lancieren eines Romans an die richtige Adresse. Sie wusste, dass Matthias dies nicht gewollt hätte. Und wenn, wäre er nie so dumm gewesen, es an die Dienstadresse zu schicken

Genau das war es, jetzt schoss es ihr durch den Kopf, Matthias wollte sichergehen, dass das Manuskript nicht verloren gehen kann. Und da konnte er bei einer Behörde immer noch sicher sein. Jede Mail, die ein Ministerium verließ oder erreichte, wurde dokumentiert. Selbst gute Hacker könnten da nur sehr schwer dieses System umgehen und die Mail ohne Spuren vernichten. Es war eine Rückversicherung, dass die Story nicht verloren geht.

18 Money

(Havarie, Seite 73)

*Sie stieg in ihren Golf und startete den Motor.
Die Gedanken knallten durch ihren Kopf, sie
versuchte Ordnung hineinzubekommen –
vergeblich. Die Auseinandersetzung gestern
hatte ihr deutlich gemacht, dass sie es nicht
ändern würde. Es stand außerhalb ihrer Macht.
Sie stand in der verdammten zweiten Reihe.
Fassungslos hatte sie ihrer Schwägerin ins
Gesicht gesehen, als sie sagte: »Wir gehen dann
mal ins Herrenzimmer, die Sache mit der
Hansastraße besprechen, bleib Du man hier in
der Küche.« Sie war sprachlos. Es war eines der
Häuser, die sie verwaltete. Sie wusste über alles
Bescheid, Klaus hatte von den Immobilien
überhaupt keine Ahnung. Sie hatte auf dem Bau
gestanden und hatte jede Regenrinne, jede
Steckdose bei der Renovierung besprochen. Inge
ist eine intrigante Kuh, dachte sie und verließ
mit quietschenden Reifen das Werksgelände. Sie
konnte es nicht fassen, wie ihr Ehemann die*

Szene kommentarlos hinnahm und geduldig hinter der Schwester her dackelte. Als sich die Tür des Herrenzimmers schloss, rauschte es in ihrem Kopf. Es mischten sich Wut und Verzweiflung.

Sie fuhr an der Friedrichswerft vorbei hoch zur Stadtautobahn. Als sie über die Hochbrücke fuhr, sah sie unten in der Schleuse einen Tanker. Vielleicht einer von unseren, dachte sie. Und gleichzeitig bohrte sich ein Gedanke in ihr Hirn: Wieviele wird es davon noch geben, wie lange geht das noch gut. Sie fuhr rechts ab, runter zum Wasser, verabredet war sie in der »Seebar.« Die alte Seebadeanstalt hatte mit der Gastronomie ein neues Ambiente erhalten. Eine skurrile Mischung aus Badegästen und Schicki-Micki-Prosecco-Schlürfern versammelte sich hier an sonnigen Tagen. Heute war so einer, der Aprilhimmel zeigte sich dünnblau, das Wasser leicht kabbelig in glitzerblau, dazwischen trennten die weißen Holzaufbauten der Seebadeanstalt Luft und Wasser.

Die Nachmittagssonne war schon auf dem Weg nach unten, eine Stunde zum Chillen. Wenn man nicht so geladen wäre, wie Angela es jetzt war. Sie musste ihrer Freundin Hanne einmal alles erzählen. Sie musste es loswerden, denn sie war so unendlich wütend. Sie parkte ihren Wagen gegenüber der langen Seebrücke in die Förde. Hanne hatte schon einen der pinken Liegestühle okkupiert und lag, sich sonnend, halb unter einer ebenso pinken Wolldecke. Die übergroße Gucci-Sonnenbrille hatte sie sich ins Haar gesteckt und versank mit geschlossenen Augen in der warmen Aprilsonne.

»Hey, schön, dass Du Zeit für mich hast«, eröffnete Angela und umarmte die Freundin.

»Naja, das klang nicht besonders beruhigend, was Du mir am Telefon erzählt hast.«

»Ist es auch nicht, um es kurz zu machen: Die verpulvern das ganze Geld, diese Familie ist verrückt geworden.«

»Nun mal langsam, erstens ist da ja wohl Geld genug, oder? Außerdem, Klaus führt die Werft, der wird das doch im Griff haben.«

»Nein, das hat er eben nicht. Ich sag das nicht

gern, aber Klaus überschaut nicht, was Inge mit ihm macht.«

»Aber wieso denn, ich denke, die Werftangelegenheiten regelt nur er.«

»Ja, aber die Werft ist nicht alles. Wir haben Immobilien, viele Immobilien, das sind Millionen, die die wert sind, oder besser wert sein sollten, aber sie werden leer gepresst wie eine Zitrone und Klaus macht munter mit.«

Der Immobilienbesitz der Familie belief sich auf ein Dutzend Häuser in zum Teil besten Lagen Kiels. Rund hundert Wohneinheiten warfen jeden Monat Mieteinnahmen in einer Größenordnung von 70-80.000 Euro ab. Damit darauf keine Steuern zu bezahlen waren, wurden die Häuser mit Darlehen belastet, die zumindest zum Teil für Instandhaltung reinvestiert werden sollten. Die Neubach-Erben sollten von den Abschreibungen leben. Doch das Geld langte bei dem üppigen Lebensstil bei Leibe nicht aus. Deshalb wurden große Teile der Darlehenssummen direkt verfrühstückt. Angela konnte sich zusammenreimen, wovon die großzügigen

Shopping-Reisen nach London oder Mailand bezahlt wurden. Und ihr war auch klar, dass je wertloser der Immobilienbesitz wurde, desto höher der Druck war, dass auf der Werft nichts schief geht.

»Weißt Du, was so ein Doppelhüllentanker kostet? Das sind gern mal mehr als 100 Millionen Euro und wenn der Abnehmer nicht zahlt, dann sind wir schneller platt, als man von hier in die Förde spucken kann.« Angelas Nerven waren aufs äußerste gespannt. Hanne sah sie besorgt an, wusste aber überhaupt nicht, was sie dazu sagen sollte. Das war nicht ihre Welt. Die Neu- und Altreichen kannte sie von ihrem Job als Journalistin, aber sie wollte daran nie teilhaben. Einladungen von Angela für Taufen oder andere Parties ließ sie sausen. »Sei mir nicht bös', aber Du weißt schon«, war ihre Standardentschuldigung.

»Uns könnte inzwischen die Holtenauer Straße rauf und runter gehören«, zischte Angela, als der Kellner kam, um ihre bestellten Aperol-Spriz zu bringen. »Wenn das Geld sinnvoll investiert werden würde, dann könnte man den

Immobilienbesitz peu a` peu ausweiten. Aber das Gegenteil ist der Fall. Bald müssen wir Häuser verkaufen, wenn es so weitergeht.«

Die Szene mit Inge gestern Abend hatte ihr den Rest gegeben.

»Weißt Du was diese Kotzkanne zu mir sagt?«, ereiferte sie sich erneut und erzählte, wie sie als dummes Heimchen am Herd in Szene gesetzt wurde. Hanne schüttelt nur langsam den Kopf. Angelas Erzählungen über die Marotten der Familie hatten leider jede Komik verloren. Sie spürte, dass Angela nicht mehr konnte. »Und wenn Du mit Klaus noch mal in Ruhe sprichst?«

»Wie denn? Wenn ich mehr sage als, was möchtest Du zum Abendessen, macht er nur seine übliche Handbewegung«, Angela machte die abweisende Gestik nach. Sie war inzwischen dazu übergegangen, ihre Bedenken in Briefen zusammenzufassen.

»Und weißt Du, was dieser Idiot macht?«, das Blut presste sich in ihren Kopf während sie sich alles von der Seele redete.

»*Er zerreißt die Briefe vor meinen Augen und, schlimmer noch, im Beisein der Sekretärinnen.*«

Hanne wurde allmählich klar, dass es galt, die Reißleine zu ziehen.

»*Hast Du darüber nachgedacht, ihn zu verlassen?*«

Natürlich hatte sie das.

»*Aber ich kann das doch nicht so laufen lassen, allein schon für die Kinder, die verfrühstücken ja auch ihr Erbe, ihre Zukunft.*«

Angela nahm einen großen Schluck und schaute aufs Wasser. Aus dem Olympiahafen vor dem Kieler Yachtclub löste sich ein Segelboot und glitt hinaus auf die Förde. Sonne, Meer, weiße Segel, eigentlich ein wundervolles Bild, dachte sie. Aber ich denke bei Segelschiffen nur daran, dass sich der Idiot ein Boot für 300.000 Euro gekauft hat.

»*Weißt Du, es ist alles so sinnlos, Klaus kauft sich ein Segelboot - gut und schön. Aber es musste ja unbedingt ein so großes sein, dass er allein gar nicht fahren kann. Und die paar Freunde, die er noch hat, viele sind's nicht mehr, haben weder Lust noch Zeit, den Schiffsjungen zu geben. Weißt Du, wie oft er damit im letzten Jahr unterwegs war? Einmal. Aber es musste ja dieses besondere Boot für 300.000 Euro sein.«*

Angela stürzte den Rest der orangenen Flüssigkeit in ihrem Glas hinunter. Die Sonne blendete, sie kniff die Augen zusammen. Und ihre Augen füllten sich mit Tränen. Aus Wut. Aus Wut und Angst. Sie seufzte.

»Ehrlich Hanne, es klingt natürlich bescheuert, wenn ich das sage, aber ich meine das wirklich so: Ich habe Angst, dass ich alles verliere.« Hanne nahm ihre Hand und wärmte sie. Die beiden Frauen zahlten und gingen über den lange Holzbohlenweg zu ihren Autos. Angela drehte sich zu Hanne um: »Ich glaube, ich hab' alles falsch gemacht.«

19 Coming Back To Life

Sie trafen sich erneut bei Harry. »Ich schlag' vor, wir nehmen hier einen Aperitif und gehen dann rüber ins Amazonas, auf eine Nudel.« Katharina war einverstanden, schaute Beate in die Augen und merkte, dass sich da etwas entwickelte, was sie zunehmend verwirrte. Klar, sie fand Beate attraktiv und im Gegensatz zu ihr hegte sie dergleichen Gefühle ausschließlich für Frauen. Aber sie merkte, dass sie langsam die Kontrolle verlieren *wollte*. Das kam nicht so oft vor. Eigentlich noch nie. Aber Beate war auch etwas sehr Besonderes, das stellte sie schon in der ersten Nacht fest. Behutsam und bestimmend, laut und zärtlich, rau und verletzlich.

Im »Amazonas« versammelten sich Kiels over 40s, um wahlweise den Porsche Cayenne vorzuführen, den man schon mal direkt vor den Außenplätzen einparken konnte. Oder den neuesten Fummel von »Kitty« oder »Glitzer«,

den Edelboutiquen in der Holtenauer Straße.
Beate und Katharina hatten beides nicht zu
bieten, schätzten aber die vortreffliche Pasta zu
angemessenen Preisen. Beate kannte ein zwei
Tischrunden, zum Teil noch aus der Schulzeit. In
Kiel lief man sich immer mal wieder über den
Weg. Das Dorf, dachte sie bei solchen
Begegnungen. Sie fragte sich immer, warum sie
trotzdem nie aus Kiel raus wollte.

Die beiden bekamen noch einen
Zweierhochtisch und sortierten ihre Beine auf
den Barhockern.

»Das war schön letzte Nacht«, eröffnete Beate,
»auch wenn ich nicht so die Romantikerin bin,
Du gefällst mir sehr.«

»Wow, das war dann wahrscheinlich schon ein
echtes Bekenntnis«, Katharina lächelte, nein,
grinste fast unmerklich. Die Mundwinkel
schoben sich nur ein paar Millimeter nach oben,
aber ihre Augen begannen zu leuchten. Beate
war fasziniert. Und beunruhigt.

»Ich kann mich nicht so fallen lassen, ich bin

ein paar Mal sehr unsanft gelandet.«

»Das ist schon okay«, mehr nicht.

Beates Blick ging durch das Lokal. Während in der offenen Küche neben dem Tresen ihre Pasta Gestalt annahm, sah sie von Tisch zu Tisch. Am Fenster rechts eine Gruppe dieser »ich zeig mal, dass es für mich kein Problem ist, den teuersten Wein zu bestellen.«

Daneben entdeckte sie allerdings einen sehr interessantes Pärchen: Beate erkannte die Besitzerin einer Buchhandlung, bei der sie gern und oft einkaufte, Lilo Mannheimer. Doch die fand sie weniger interessant als ihr Gegenüber: Ex-Werftenboss Klaus Neubach. Beate war nicht klar, welche Beziehung sie zueinander hatten, aber es sah sehr vertraut aus. Stiller hatte so etwas angedeutet. Mit diesem Mann hatte sich Mathias letzte Woche getroffen, warum wohl? Beate hörte erst jetzt, dass Katharina mit ihr sprach.

»...außerdem glaub ich, dass feste Beziehungen deutlich überbewertet werden.«

»Ja, find' ich auch, ich muss mich entschuldigen. Ich bin immer noch sehr in dem Fall vertieft, den ich gestern bekommen habe, sorry«

»Ist okay, solange Du es merkst.«

Jetzt kamen die Nudeln. Die Bedienung, ein schlacksiger, Anfang 20jähriger mit sichtbarem Spaß an seiner Arbeit, bot Pfeffer aus der Mühle über die Sauce an. »Ja gern« .

»Gehen wir heute zu mir?«, der Satz rutschte Beate so heraus, sie fragte sich, ob sie das wirklich wollte. Jetzt konnte sie da zwar nicht mehr heraus, aber sie war verwirrt.

»Ja gern«, Katharina hauchte einen Kuss über den schmalen Tisch. Beate lächelte. Sonst war ihr eine solche Situationen oft peinlich, Gefühle und Öffentlichkeit passten nicht immer gut zusammen, meinte sie. Bei Katharina war es irgendwie anders.

Sie verließen das Restaurant in aufgeräumter Stimmung, draußen war es mild. Der Frühling wollte mit Kraft die Fördestadt erobern. Die

Bäume in der Prachtmeile der Stadt begannen zu grünen. Sie gingen ein paar Schritte bis zu Beates Auto.

„Deiner?« fragte Katharina.

»Jepp.«

»Cool.«

Beate öffnete das Verdeck und versuchte, ohne Reifenquietschen loszufahren. Es gelang ihr.

Als sie die Tür zu ihrer Wohnung aufschloss, war sie in Hochstimmung. Frühling, offen im Cabrio fahren, verliebt.

Verliebt?

May be, denk später darüber nach, sagte sie sich, drehte sich zu Katharina um und küsste sie, lange.

»Geh schon mal ins Wohnzimmer und such uns einen Rotwein aus dem Weinregal aus.« Während Beate im Bad verschwand, sah sich Katharina in ihrer Wohnung um. Halb Ikea, halb Geschmack, war ihr erstes Urteil. Die Farben freundlich, viel pastell. Regale wie überall, aber darin viele Bücher - und an den Wänden schöne Bilder. Das gefiel ihr. Bilder, die nicht von Ikea stammten. Zum Teil schienen es Originale zu sein.

Das Wohnzimmer bestand aus einer Couch, einem Sessel und einem tiefen Tisch, direkt anschließend, getrennt von einer offenen Doppelschiebetür, so etwas wie ein Büro. Katharina war nicht ganz klar, ob das silberne MacBook zufällig auf dem Esszimmertisch stand oder Bestandteil eines recht chaotischen Arbeitszimmers war, an dessen gegenüberliegenden Wand ein 2x2 Meter großes Bild auf Leinwand ein Straßenbild aus New York zeigte.

Es war ein typisches Kieler Haus, Wohnungen, die für Arbeiter und Kleinbürger geschaffen worden waren, als diese Stadt begann, eine Stadt zu werden. Ende des 19. Jahrhunderts, als die Weltmachtsfantasien des Kaisers der betulichen Universitätsstadt einen Reichskriegshafen bescherten, und der Kaiser Panzerschiff auf Panzerschiff vom Stapel der Kieler Werften liefen ließ. Flur, Küche zwei Zimmer mit Doppeltür, Schlafzimmer, Klo halbe Treppe. Später wurde ein Bad, meist anliegend an die Küche, eingebaut. Hohe Decken, für eine Person viel Platz. Zu Gründerzeiten sollten hier zwei Proletarier mit mindestens sechs Kindern wohnen.

Katharina suchte und fand das Weinregal neben den linken Doppelfenstern. Fünf Reihen hoch, vier breit, 20 Flaschen, beste Sorten. Katharina hatte zumindest soviel Weinsachverstand, dass sie wusste, was ein guter Wein ist, auch wenn sie üblicherweise ein herbes Bier vorzog. Doch heute war das anders, sie freute sich, für sie beide einen Wein auszusuchen.

Beate lächelte sie an, »ich muss nur mal kurz meine Mails checken, sorry, aber ich bin immer etwas im Job - kann ich nicht ändern.«

»Ist okay, Gläser?«

»Im Schrank oben rechts.«

Katharina entdeckte die Gläser, öffnete die

Rotweinflasche, die trotz der hervorstechenden Qualität mit einem Drehverschluss ausgestattet war. Sie hatte beim Öffnen solcher Flaschen immer den Eindruck, sie drehe jemandem den Hals um, breche ihm das Genick wie in billigen KongFu Filmen.

Beate erinnerte der Startsound ihres Macs an die Situation vor wenigen Tagen in Matthias Wohnung. Das Mailprogramm startet automatisch, sie sah etliche Werbemails, dann eine Mail vom Ministerium für Kultur und Bildung des Landes Schleswig-Holstein. Der Staatssekretär hatte Wort gehalten. Beate speicherte den Anhang ab. »Havarie«, sie hatte immer noch keine Ahnung, warum ein Buchmanuskript einen Mord auslösen sollte. Immerhin nahm sie sich vor, noch heute mit dem Lesen zu beginnen. Sie drückte auf den Drucken-Button und ging hinüber zu Katharina.

»Zinfadel, Australien – weich und charaktervoll«, las Katharina auf dem Etikett, scheint zu passen, dachte sie.

20 Any Colour You Like

Die Besprechung im Kieler Kaufmann verlief konzentriert. Die Oberbürgermeisterin begrüßte Dr. Jansen, der ihr eilfertig entgegenkam. »Meine Verehrte, ich freue mich, Sie wieder zu sehen«, Jansen hatte auf die Anwesenheit von Meinert verzichtet. Er fürchtete seine zotigen Bemerkungen, mit der er die Politikerin kaum gewinnen konnte.

»Mein lieber Jansen, ja, wir sehen uns wirklich viel zu selten, wie geht es meiner großen Zeitung?«

»Bestens, danke der Nachfrage.« Sie setzten sich ins Kaminzimmer, zwei schwere Sessel standen sich schräg gegenüber. Der Kellner nahm die Bestellung auf, kurz und knapp. Derartige Besprechungen fanden im altehrwürdigsten Hotel der Stadt öfter statt, hier trafen sich die Vertreter der Kiel-AG zu ihren wirklich wichtigen Gesprächen. Diskretion

135

gehörte da zur ersten Kellnerpflicht. Hotelchef Krohnsen bläute dies seinen Angestellten vom ersten Tag an ein:»Wenn Ihr jemals ein einziges Wort, dass Ihr hier hört, an jemanden weitererzählt, fliegt Ihr - noch am selben Tag, ist das klar?« Es war klar. Bisher hatte sich noch jeder dran gehalten, auch wenn gelegentlich Bild- oder Buntereporter auftauchten, wenn mal Prominenz zu Gast war. Aber das kam in der kleinen Stadt im Norden ohnehin nicht so oft vor.

»Mein Referent sagte mir, ich könnte Ihnen in einer Sache behilflich sein«, zog die Oberbürgermeisterin das Gespräch an sich.

»Ja, in der Tat«, Jansen zündete sich gerade einen Petit Sumatra Zigarillo an.

»Wir haben uns entschlossen, endlich dafür zu sorgen, dass die großen Papier-Laster nicht mehr in die enge Innenstadt fahren müssen. Das Gekurve hört man ja bis ins Rathaus.«

»Oh, sie wollen ein gutes Werk tun«, lächelte die OB.

»Nun, wir wollen eine neue Rotation bauen, Investitionsvolumen 30 Millionen Euro.«

»Prima, aber was kann ich dazu tun?«

Sie machte es ihm nicht wirklich leichter, sie wollte, dass er seine Bitte offen aussprach. Ihr Entschluss stand schon lange fest, aber sie ließ ihn zappeln.

»Nun, wir haben eine sehr geeignetes Grundstück in Aussicht, in Wellsee.«

»Ich begrüße jede Ansiedlung im Gewerbegebiet.«

»Naja, im Gewerbegebiet liegt es nicht direkt«, Hallbertz setzte ein fragendes Gesicht auf und kostete den immer länger werdenden Moment aus.

»Mehr gegenüber.«

Schweigen.

»Also«, Jansen gab sein spöttisches Grinsen, »uns wurde da ein sehr schönes Areal westlich der B404 angeboten. Groß genug für unser

Vorhaben.«

»Und billig genug?«

»Nein, wo denken Sie hin, der Preis spielt da gar keine Rolle.«

Hallbertz hatte genug von dem Spiel. Wortlos überreichte sie dem Geschäftsführer des Kieler Lokalblatts die Fleißarbeit ihres Referenten. Jansen studierte es Seite für Seite und pfiff gelegentlich durch die Lippen.

»Starker Tobak, meine Liebe.«

»Es ist Ihre Entscheidung.«

»Nun, ich denke, es wird einen Weg geben, wollen wir jetzt rüber gehen zum Essen?

21 The Trial

(Havarie, Seite 127)

»Der Herr Erichs ist jetzt da«, Hilde Wendtorf kam fast verschüchtert in Klaus Neubachs Büro. Ängstlicher hätte die Sekretärin auch das Erscheinen der Mordkommission kaum ankündigen können.

«Ja, ist okay«, Neubach erhob sich bewusst dynamisch aus dem Chefsessel an seinem Schreibtisch, ging dem Insolvenzverwalter entgegen. »Hallo Herr Erichs«, der hagere Mann im dunklen Anzug mit graumelierten Schläfen, streckte ihm stumm seine Hand entgegen.

Beide sahen sich in die Augen, sagten nichts.

„Ich hoffe, Sie hatten eine gute Fahrt«, brach Neubach das Schweigen.

»Ich habe immer eine gute Fahrt, mein Auto ist mein Büro, wenn mal Stau ist, mach ich meine Schreibtischarbeit von da aus.«

Klaus wurde schnell klar, dass dieser Mann von einem anderen Kaliber war, als der Konkursverwalter, der damals mit ihm gemeinsam den Neuanfang geschafft hatte. 20 Jahre ist das jetzt her, dachte er. 20 Jahre und 53 Schiffe. Natürlich war er nicht stolz auf seine Bilanz, denn die Werft stand vor dem Aus. Das wusste er. Aber er hatte sich lange dagegen gestemmt. Mit aller Kraft, wie er meinte.

Erichs und Neubach standen immer noch mitten im Raum. Dann ging Erichs um den Schreibtisch herum, beugte sich über das Empire-Möbel und fixierte den Werften-Chef.

»Das ist dann jetzt also mein Arbeitsplatz.«

Eine Feststellung, keine Frage. Und es bezog sich nicht nur im Allgemeinen auf die Werft, sondern auch auf den Schreibtisch hinter dem er nun stand. Ihm stockte der Atem. Wollte der das wirklich so durchziehen?

»Ich dachte, wir können zunächst essen gehen und ich informiere Sie über die Situation.« Schon als er den Satz begann, war ihm klar, dass das

alles nur noch schlimmer machte.

»Ich bin nicht hungrig«, entgegnete Erichs kühl.

»Und über die Situation mache ich mir gern selbst ein Bild.« Erichs hatte mit seinen 56 Jahren schon viele Chef-Büros gesehen.

»Ich denke, Sie rufen jetzt ihre wichtigsten Mitarbeiter in den Konferenzraum, damit ich sie kennenlerne. Und dann lassen Sie mich hier meinen Job machen.«

Die harte Tour war die einzig Richtige, hatte Erichs im Laufe der Zeit erfahren. Ganz zu Anfang hatte er sich mit dem Besucherstuhl zufrieden gegeben. Das half niemandem, war er sich inzwischen sicher. Wenn die Karre im Dreck steht, muss man Ross und Reiter nennen, das war sein Credo. Das hier, die Neubach-Werft, war jetzt sein Laden. Und er hatte auch kein Mitleid mehr mit den armseligen Gestalten, die manchmal großspurig, manchmal wie ein Häufchen Elend ihm gegenübersaßen. Er musste ihnen ein für allemal zu verstehen geben, dass sie nicht mehr der Boss sind. Sonst hätte ein Unternehmen überhaupt keine Chance mehr gehabt, aus der Insolvenz herauszukommen. Das war heute bei der Neubach-Werft so und das war bei Dutzenden anderer Firmen, die er, wie er meinte, erfolgreich durch eine Insolvenz geführt hatte, nicht anders. Ich hole die Karre aus dem Dreck, sagte Erichs sich. Das ist mein Job. Und da stehen mir Leute wie dieser Neubach nur im Weg.

Er fragte sich, welches Kennzeichen sein Dienstwagen hat.

Er teilte die Geschäftsführer gern ein in diejenigen, die im Nummernschild die Initialen des Betriebes hatten und die, die ihre eigenen Initialen darin verewigten. Letztere waren zumeist die, die sich mit Händen und Füßen dagegen wehrten, wenn Erichs den Fuhrpark aufs Notwendigste zusammenstrich. Er hatte lächerliche Situationen erlebt, bei denen Geschäftsführer mit Tränen in den Augen ihre Autoschlüssel abgeben mussten. Das Andere im Unternehmen nicht um ihr Auto, sondern um ihre nackte Existenz, um die Schulausbildung ihrer

Kinder, um das eigen Haus, um ein ganz kleines Glück bangten, davon waren diese Typen Lichtjahre entfernt. Es ging um Arbeitsplätze. Für Erichs eine große, eine ehrenvolle Aufgabe.

Manchmal ging es sogar um ganze Regionen, die nur weiter existieren konnten, wenn die größte Firma am Ort überleben würde. Und es kam auf ihn an: Wenn er Investoren fand, die neues Kapital in die insolventen Unternehmen pumpten. Aber warum sollten die das machen? Das Produkt, die Dienstleistung musste stimmen. Die Belegschaft musste zu großen Opfern bereit sein. Und eine neue Führungsriege musste mit neuen Besen den alten Muff auskehren, der in die Pleite geführt hatte. Und da waren die alten Firmenchefs fast immer ein Hindernis. Erichs war der Ansicht, die Rosskur, die die Unternehmen ohnehin vor sich hatten, sollte von der ersten Minute an spürbar sein. Von der Spitze bis zur letzte Putzfrau.

Neubach stand vor seinem Schreibtisch und hatte das Gefühl, sich nicht bewegen zu können. Was hatte der Mann da gerade gesagt? Das sei sein Arbeitsplatz? Dieser Schreibtisch, an dem bereits sein Großvater die Geschäfte der Firma gelenkt hatte? Was bildete sich dieser Heini eigentlich ein? Was kann ich tun? In seinem Kopf schien der Druck immer größer zu werden. Die Wände des Büros rückten immer näher, als würden er und Erichs in einer Telefonzelle stehen. Es fiel ihm schwer, Luft zu bekommen.

Erichs hatte in dieser Situation die unterschiedlichsten Reaktionen erlebt. Manche flippten völlig aus, begannen zu brüllen, sogar Handgreiflichkeiten gab es. Den Schreibtisch nutze Erichs deshalb ganz bewusst als Barriere zwischen ihm und den Ex-Chefs. Seine Distanzwaffe. Auch echte Heulsusen hatte er erlebt. Solche Weinerlichkeit fand er schlimmer als Gebrülle. Wie sich Neubach verhalten würde, war ihm noch nicht klar. Er starrte ihn einfach nur an.

Dann kam er auf ihn zu. Wandte den Blick ab. Griff zum Telefon. »Hilde, rufen Sie bitte die Abteilungsleiter in den Konferenzraum, in einer halben Stunde?«, fragend schaute er zu Erichs herüber. Der nickte.

«Ja, in einer halben Stunde.«

»Wenn Sie erlauben, lasse ich meine persönlichen Sachen heute Abend hier packen.«

Erichs nickte erneut. Neubach drehte sich um und ging hinaus, durch die Tür, durch das Sekretariat, die Treppe hinunter, am Pförtner vorbei. Nur raus. Raus. Raus.

Er hatte keine Ahnung wohin. Das Wohnhaus auf dem Werftgelände hatte er verlassen. Aus seinem Büro war er gefeuert worden. Diese Werft gehört mir, dachte er. Aber wo soll ich hin?

Er ging runter zu den Docks. Die Luft war kalt, aber frisch. Sie tat gut. Seeluft. Die tat immer gut. Die Morgensonne über dem Ostufer ließ die Förde glitzern. Er schaute rüber auf die leeren Trockendocks. Mit Dock 1 ist der Großvater über die Ostsee gekommen. Das Dock war das Symbol des Überlebenswillens der Neubachs. Flucht und Neuanfang. Aufbau. Optimismus in schweren Zeiten. Den hätte er jetzt auch gern. Aber in ihm war jetzt gar nichts. Was hab ich *falsch gemacht? Alles? Wo war die Ausfahrt, die ich übersehen habe?*

Rechts auf der Helling lag das Gerippe der «Fruity Loomy», dem Schiff, das noch einmal alles drehen sollte. Der Safttanker, für den er Gott und die Welt angepumpt hatte. Für den er die Bilanzen geschönt hatte, um noch einmal Kredit zu bekommen. Und der hier wohl niemals zu Ende gebaut werden wird. Er sog die Januarluft ein. Er hatte sich gar keinen Mantel übergezogen, aber er fror nicht einmal mehr. Das war jetzt das Ende, dachte er. Er blickte auf die Förde. Das Wasser glitzerte. Nur Möwen kreischten. Sonst Stille.

Diese Stille war unerträglich. Hier, wo immer alles hämmerte, wo sich die Kräne wummernd über ihre Schienen schoben. Das Zischen der Schweißgeräte. Alles war weg. Nur noch Stille. Und das Kreischen der Möwen. Er blickte hinüber zu den großen Kränen von HDW.

Er hatte es nicht geschafft. HDW gab es noch immer. Mit wechselnden Besitzern, aber immer zu groß, um vor die Hunde zu gehen.

So wie er. Jetzt.

Er hatte es nicht geschafft.

Er hatte nicht daran geglaubt, dass es soweit kommen könne.

Niemals.

Nicht er.

Nicht seine Familie.

Die Werkssirene holte ihn zurück aus seinen Gedanken.

12 Uhr. Mittag.

Und für ihn die erste Konferenz mit dem Insolvenzverwalter.

22 Signs Of Life

Beate nahm sich den Stapel Papier aus dem Drucker, stellte das Rotweinglas ab und setzte sich in den Ledersessel, nackt wie sie jetzt eben war. Katharina blieb erschöpft im Bett und schlief schnell ein. Sie hatte sich wohlig an Beate angeschmiegt, aber Beate war hellwach. Sex hatte für sie meistens eine aufputschende Wirkung. Besonders wenn er so schön war wie gerade eben. Sie begann zu lesen, Havarie, Matthias Kerner, das Buch hatte sogar schon eine ISBN-Nummer.

»Als er den Wagen vom Werftgelände steuerte, war er sehr nachdenklich...«

Sie las die ersten 50 Seiten und wunderte sich. Die Brisanz einer Familienchronik erschloss sich ihr nicht. Okay, das waren mitunter schon skurile Anekdoten aus dem Leben einer Werftenfamilie, sicher ein gute Grundlage für ein Drehbuch und eine NDR-Verfilmung. Aber mehr als ein paar

Peinlichkeiten konnte Beate beim besten Willen nicht entdecken. Für die weiteren 175 Seiten war sie jetzt aber doch zu müde. Ihre heiße Spur schien sich deutlich abzukühlen. Vielleicht hatte Matthias auch nur aus Versehen dem Staatssekretär die Mail geschickt. Sie wusste, dass er zur Datensicherung Dokumente oft als Mail verschickte, aber dann an eine seiner eigenen Adressen.

Sie war jetzt zu erschöpft, weiter darauf herum zu denken. Aber sie entschloss sich, der Geschichte morgen weiter nachzugehen. Ein Gespräch mit der im Buch oft beschriebenen Angela Neubach könnte ja vielleicht hilfreich sein. Beate legte die Manuskriptseiten auf den Beistelltisch, knipste das Licht der Leselampe aus, nahm ihr Rotweinglas und ging rüber ins Schlafzimmer. Katharina lag ausgestreckt auf dem Bett, mit der Decke nur zur Hälfte bedeckt, frei lagen ihr Po und das rechte Bein. Beate lächelte und wunderte sich über das Kribbeln im Bauch, das jetzt wieder einsetzte, schon gar nicht mehr. Sie nahm den letzten Rest Rotwein und schmiegte sich an Katharina, legte die große

Decke über sie beide und löschte das Licht.

23 Pigs On The Wing

(Havarie, Seite 65)

Hermann Reiter verließ das unbeschädigte Haus seiner Großeltern und machte sich in Richtung Altstadt auf. Er ging durch die zum größten Teil zerstörte Holtenauer Straße. Die meisten Häuser hatten keine Dächer mehr, einige waren nur noch ein Haufen Schutt. An der Ecke Lehmberg bot sich ein ebenso trostloses Bild, die Bergstraße hinunter sah man nur noch Ruinen bis runter zum Kleinen Kiel, dem kleinen Teich in Mitten der Altstadt, von der inzwischen nicht mehr viel übrig gelassen worden war. Allein der Rathausturm erhob sich mächtig über eine Stadtsilhouette aus Hausgerippen. Er ging am Rathaus vorbei, dessen Vorplatz noch bis vor ein paar Wochen Adolf-Hitler-Platz hieß. Der Westflügel des Rathauses war von mehreren Bomben getroffen. An der Fleethörn standen noch einige Häuser, er kreuzte die Holstenstraße, die rechts und links nur noch aus Ruinen und Schutthaufen bestand. Als Hermann

Reiter bei der Hafenstraße um die Ecke bog, wurden seine Befürchtungen bestätigt. Ein einziger Trümmerhaufen stand dort, wo noch vor ein paar Monaten das Haus seiner Eltern stand. Gebaut 1914, kurz vor dem Ersten Weltkrieg ein fünfstöckiges Mietshaus für das gehobene Bürgertum. Eines von 24 Häusern, die hier zwischen Vorstadt, Hafenstraße und Holstenbrücke mitten in der Kieler Innenstadt den Stolz der wilhelminischen Ära in Stein gemeißelt darstellen sollten. Drei Häuser gehörten der Familie Reiter, zwei weitere der Verlegerfamilie Hausmann. Die restlichen Häuser einem jüdischen Großunternehmer, der 1938 enteignet worden war. Der gesamte Block wurde am 23. Juli 1944 bei einem Angriff britischer und amerikanischer Bomber dem Erdboden gleichgemacht. Fassungslos stand Hermann Reiter vor den Resten dessen, was ihn vielleicht jetzt, im Juni 1945, hätte ernähren können. Nun immerhin, er hatte Glück gehabt, überlebt zu haben: In den letzten Kriegstagen hatte er sich selbst aus der glorreichen Armee des Deutschen Reiches entlassen und war den Heimweg angetreten. Die dafür notwendigen

Papiere hatte er sich als Mitglied des Marinestabes rechtzeitig verschafft, um nicht noch zu guter Letzt einem Standgericht zum Opfer zu fallen. Seine guten Beziehungen hatten ihm den ganzen Krieg über geholfen, nicht mehr als irgend nötig Gefahr zu laufen, das Schicksal der Millionen Gefallenen zu teilen.

In Gedanken vertieft bemerkte er erst spät, dass sich jemand neben ihn gestellt hatte und auf die Trümmer schaute.

»Schöner Mist, was Hermann?«

Reiter blickte zur Seite und direkt in die Augen von Christoph Hausmann. Der Sohn des Verlegers des örtlichen Lokalblattes.

»Hallo Christoph, auch überlebt?«

»Ja, ich hab auf Dich gewartet«

»Auf mich?«

»Naja, auf jemanden, der Anspruch auf die Häuser, oder das was davon übrig ist, erheben kann.«

Reiter schaute Hausmann mit einer Mischung aus Überaschung und Misstrauen an. Die beiden kannten sich schon als Jungen und er hatte ihn oft genug über den Tisch gezogen. Er erinnerte sich noch an ein angeblich seltenes Hitlertauschbild, das er für sein Sammelalbum zu einem Wucherpreis verkaufte.

»Ist wohl nicht viel wert, was hier rumliegt«

»Ansichtssache, ich war deswegen vor ein paar Wochen im Bauamt. Ich wollte klären, wer denn den Schutt zur Seite räumt und so weiter.«

Reiter schaute ihn verständnislos an.

»Nun guck nicht so blöd aus der Wäsche, irgendwie wird es ja nun weitergehen, wie auch immer. Und da hat mir ein Beamter etwas Erstaunliches gesteckt.«

Die Kunstpause ging Reiter zwar auf die Nerven, aber er war gespannt, denn Hausmann war zwar ein skrupelloser Geschäftemacher, aber kein Wichtigtuer. Und was er zu erzählen hatte, war wirklich interessant.

»Du erinnerst Dich doch an die Familie Kohn, der die meisten Häuser im Block gehörten. Tja, das Katasteramt existiert nicht mehr. Das ist ebenfalls völlig zerstört worden. Und ich hab' über meine Quellen im Rathaus mal nachgefragt, was denn aus den Kohns so geworden ist. Die waren ja 1938 mit einem Mal weg. Ich dachte eigentlich, die wären mit der ganzen Kohle vom alten Kohn ausgewandert. Sind sie auch, aber nur bis Frankreich. Und dann Auschwitz. Von denen ist keiner mehr übrig.«

Reiter konnte mit dem Begriff Auschwitz nicht viel anfangen, aber dass viele Juden umgekommen sind, davon sprach ja jetzt jeder. Langsam wurde ihm auch klar, worin Hausmanns Interesse an den Kohns herzeugte. Es wird aus dieser Familie vermutlich keiner Ansprüche anmelden auf den Schutthaufen in der Kieler Innenstadt. Und wenn es ein Katasteramt nicht mehr gab, dann könnte man auch getrost erklären, dass einem der ganze Block gehörte. Darauf lief die Geschichte von Hausmann hinaus. Und allein konnte er dass Ding nicht machen, da er ja wusste, wem die übrigen

Häuser gehörten.

»Okay, dann schlag mal was vor.«

24 Learning To Fly

Katharina schlug die Augen auf und fühlte sich sofort verdammt wohl. Sie lag in Beates Bett, nackt und voller heißer Gedanken an die letzte Nacht. So wacht man doch gerne auf, dachte sie. Schade, dass Beate nicht hier war, sie hatte sich mit einem kurzen Kuss heute Morgen verabschiedet. Katharina musste erst am Nachmittag bei einem Termin sein, so konnte sie den Morgen genießen. Sie zog sich ein kariertes Männerhemd an, das am Bettende lag und offenbar Beates Nachthemd war.

Mit dem frisch gekochten Kaffee setze sie sich in den Ledersessel, schaute zum Fenster hinaus und freute sich auf das Fotoshooting. Modeaufnahmen für ein Kieler Frauenmagazin, Klamotten von den Edelboutiquen aus der Holtenauer Straße. Als Location hatte die Redaktion einen holländischen Segler am Thiessenkai ausgesucht. Das wird für die Models etwas frisch, dachte sie und schlürfte an ihrem heißen Kaffee.

Als sie den Becher abstellte, sah sie den Stapel Papier, den Beate gestern angefangen hatte zu lesen. »Havarie«, mehr stand auf dem Deckblatt nicht. Katharina nahm den Stapel in die Hand und begann zu lesen.

25 Comfortably Numb

»Dr. Jansen?«, fragend schaute Kriminalrat Hermanns seinen Gegenüber im Flur der Kripo-Dienststelle an.

»Was machen Sie denn hier?«

»Nun, Ihre Ermittlerin, Frau Müller, hat mich vorgeladen. Ich weiß zwar nicht, wie ich zur Aufklärung des Falls beitragen kann, aber wir werden sehen.«

Hermanns war es sichtlich unangenehm, dass Jansen ins Präsidium zitiert wurde. Das hätte Müller behutsamer machen müssen. Er wusste, dass das nicht ihre Stärke ist.

»Kommen Sie, Herr Dr. ich bringe Sie zu Frau Müller.«

Sie gingen die Treppe des wuchtigen Treppenaufgangs, der vom üppigen Foyer zu den meist winzigen Büros der Ermittler führte, hinauf.

»Was macht Ihr Handicap?«, Hermanns versuchte Gut-Wetter zu machen, ihm war immer an einem guten Verhältnis zum Zeitungsboss gelegen. Schon öfter hatte er auf seine Hilfe zählen können, wenn es darum ging, die Berichterstattung über bestimmte Fälle in die richtige, also seine Richtung zu steuern.

»Hier ist es«, klopfte an der Tür und trat sofort ein. »Frau Müller, ich habe hier Dr. Jansen für Sie.«

Beate schaute zu Kaiser und ihr Gesichtsausdruck sprach Bände. Sie hatte Jansen natürlich extra warten lassen und war mit dieser besonderen Polizeieskorte von Hermanns nicht glücklich.

»Guten Tag, Herr Dr. Jansen, leider hatten Sie vorgestern keine Zeit für mich...«

»Ja, war ein wichtiger Termin, sonst wäre ich natürlich zu Ihrem Gespräch mit Wohlert und Meinert dazugekommen. Was kann ich tun für Sie?«

Tja, das fragte sich Beate tatsächlich auch. Sie hatte keine Strategie für diese Vernehmung.

»Wie war ihr Verhältnis zu Matthias Kerner?«

»Wir hatten keins.«

Beate hatte mit so einer Antwort gerechnet, Jansen flutete den Raum mit seiner Arroganz. Deshalb schwieg sie. Bis es für ihn ungemütlich wurde. Schweigen.

»Also«, begann Jansen schließlich, »wir sind uns ein paar Mal über den Weg gelaufen. Mehr nicht. Ich kannte seine Artikel, natürlich.«

Beate sah keinen Grund, das Schweigen zu beenden.

»Ach ja, vor ein paar Wochen, da fiel er mir allerdings besonders auf – unangenehm.«

Beate beließ es bei einem fragenden Blick.

»Beim Jahresempfang unserer Zeitung beharkte er sich mit dem Pressesprecher der Stadt – lautstark. So laut, dass ich den Sicherheitsdienst bat, ihn geräuschlos aus dem

Saal zu entfernen. Ich weiß sowieso nicht, wie er zu einer Einladung zum Empfang gekommen war.«

Beate wusste, welche Bedeutung der KA-Jahresempfang für die High Society der Stadt hatte. Eine Einladung dazu war eine Art Ritterschlag, das Zeichen, dazuzugehören. Das Ausbleiben dieser Einladung entsprach einer Degradierung oder unehrenhaften Entlassung. Matthias hatte ihr oft davon berichtet, ein Nachmittag mit hoher Prominenz, meist hielt der Ministerpräsident eine Rede, mit hoher Effektivität: Es war eine Art Speeddating für die Businessklasse der Stadt. Wer Kontakte herstellen wollte, ließ sich in den kleinen Gesprächsrunden, die sich nach dem Büfett bildeten, vorstellen. Schneller konnte man keine Verbindung zu den wichtigen Menschen in dieser Stadt aufbauen. Wer in dieser Stadt etwas werden wollte, der musste da hin. Und gesehen werden: Die Zeitung ereilte am Tag danach immer ein leichtes Auflagenplus. Jeder wollte sehen, ob und wenn ja, mit wem er im Blatt abgelichtet wurde. Die Auswahl aus den hunderten von Fotos, die die beiden Fotografen des Anzeigers ablieferten war Chefsache. Der Lokalchef durfte Vorschläge machen, wer den Zuschlag erhielt, war allein Sache des Chefredakteurs. Der allerdings von Jansen und Meinert deutliche Hinweise bekam, wer zu berücksichtigen sei.

»Kerners Verhältnis zu ihrem Haus war ohnehin nicht immer ungetrübt.«

»Nein, aber das spielte für mich keine Rolle.«

»Keine Rolle? Auch nicht als Kerner Ihrem Blatt vorwarf, Informationen über korrupte Vorgänge im Rathaus zu unterschlagen?«

»Ach, sehen Sie«, Jansen nestelte aus seinem dunkelblauen Sakko eine Schachtel Zigarillos hervor. »Darf ich?« Das klang nicht wirklich nach einer Frage. Deshalb blockierte Beate ihn mit einem schroffen »Nein.«

Jansen quittierte es mit einem Zucken der rechten Augenbraue.

»Also mit dem Journalismus verhält es sich ja

so«, Jansen wollte offenbar weit ausholen. Beate war es recht, irgendwo gab sich schon die Chance einzuhaken. Sie hatte Geduld.

»Was bei uns jeden Tag im Blatt steht oder auch nicht drin steht, ist mir, ehrlich gesagt, ziemlich egal. Mein Job ist es, mit diesem bedruckten Papier Profit zu machen. Womit es bedruckt wird, ist mir solange egal, wie die Auflage nicht sinkt.«

»Was sie aber in den letzten Jahren tut«, warf Beate ein.

»Ja, das stimmt. Aber das hat weniger mit den Inhalten der Zeitung als den Rahmenbedingungen zu tun, Internet und so weiter, aber da sind wir ja auch dran.«

»Ihr Chefredakteur erzählte, Kerner hatte ihm eine brisante Story angeboten, wussten Sie davon?«

»Ja, Wohlert hatte das beim Mittagessen berichtet, aber für mich spielte das keine Rolle.«

Beate stutzte. Einerseits erstattete der

Chefredakteur seinem Geschäftsführer Bericht, anderseits war er desinteressiert?

»Auch nicht, wenn es dabei um Ihren Konzern gegangen ist.« Ein Schuss ins Blaue. Mit Wirkung.

»Noch einmal Frau Müller« jetzt hatte Beate ihn da, wo sie ihn haben wollte. Jansen platzte der Kragen.

»Was diese kleinen Schreiberlinge so zusammenkratzen, ist für mich völlig unwichtig. Wir agieren hier mit Millionen, unser Konzern ist für fast 1.000 Mitarbeiter verantwortlich. Das Gequatsche von der vierten Gewalt ist so aufgesetzt«, Jansen kam jetzt so richtig in Fahrt. »Wenn es ums Zeilenhonorar geht, dann kommen die Schönfedern aus dem Quark. Ansonsten ist denen das auch völlig gleichgültig, womit sie ihre Seiten füllen.«

Jansen benahm sich nun wie in einem Management-Seminar für BWL-Studenten.

»Ich kann Ihnen sagen, worum es beim Journalismus heute geht. Um Kasse machen, nichts anderes. Was meinen Sie, wie die Schreiberlinge dumm aus der Wäsche gucken würden, wenn ihr Geschreibsel nicht mehr dazu taugt, den Rahmen für die Beilagen der Lebensmitteldiscounter zu liefern? Darum geht es, und deshalb ist zuviel Aufregung auch nicht gut. Den Ball flach halten, das ist mein Anspruch.«

Beate musste nicht lange überlegen, dass das nun gar nichts mit dem zu tun hatte, was Matthias unter Journalismus verstand. Aber die Mächtigen in dieser Stadt hatten das Kapitel »Vierte Gewalt« offenbar für sich abgehakt.

Jansen verfluchte sich selbst, so aus der Haut gefahren zu sein. Er rief sich zur Ruhe und legte sein gewinnendes Lächeln auf. »So«, sagte er und erhob sich, »ich denke, ich habe Ihnen nun ausreichend dargestellt, dass ich mit dem Tod von Herrn Kerner nichts zu tun habe. Wenn Sie weitere Befragungen vorhaben, kontaktieren Sie bitte meinen Rechtsanwalt, hier seine Karte.«

Mit einem »Guten Tag«, drehte er sich um und öffnete die Tür. Einen Moment verharrte er, als wartete er auf eine Reaktion der Polizisten. Dann ging er hinaus und schloss die Tür.

»Na, das war mal ʼn Auftritt«, Kaiser sah zu seiner Kollegin hinüber. »Da werden wir nur schwer weiterkommen.« Beate nickte und erinnerte sich an ein Gespräch, das Matthias mit Stiller hatte. Bei Umberto. Sie kam später hinzu und Stiller erklärte ihr, worüber die zwei sprachen.

26 Us And Them

»Es geht um die Kiel-AG«, holte Stiller aus und freute sich über Beates fragenden Gesichtsausdruck.

»All things are connected«, warf Matthias ein.

»Ja, so ist es, in unserer schönen kleinen Stadt ist jeder mit jedem verbunden, vor allem, wenn es ums große Geld geht. Überleg mal, der Kieler Anzeiger ist beteiligt an der Ostseehalle, die Partner: Discounter Familia und der Versicherungskonzern Provital. Der wiederum hält eine Beteiligung am Immobilienmogul Kiesing. Familia ist größter Sponsor vom THW, dort im Aufsichtsrat? Sönke Wertheim, Geschäftsführer der SKY Supermarktkette. Und wenn wir gerade beim Sport sind: Hauptsponsor Bella, Holding von Familia und City. Und dort Aufsichtsratmitglied? Dr. Frank Jansen. Es ist eigentlich völlig egal, wo Du einkaufst, wo Du dich versicherst oder welche Sportart Du gerne siehst, einer von den Big Five hat immer seine Hände im Spiel.« Stiller war am Ende seines Kurzreferats und mit sich zufrieden.

»Und jetzt auch das noch«, fügte Matthias hinzu und warf Beate die Zeitung von heute zu. Unter der Überschrift »Mehr mobil in Kiel« feierte der Kieler Anzeiger ein neues App-gestützes Sammeltaxi-Unternehmen, das die Fahrpreise um die Hälfte senken sollte. »Und weil der Kieler Anzeiger so voll öko ist, haben sie gleich die Mehrheit an dem Start-Up übernommen.«

Beate war noch nicht ganz klar, was daran nun so bemerkenswert war.

»Nur komisch, dass die traditionellen Taxi-Unternehmen in dem Artikel gar nicht befragt werden, wie sie das so finden.«

»Na, die haben die Sektkorken knallen lassen, dass der Kieler Anzeiger sie in die Pleite treibt«, kommentierte Stiller.

Matthias reichte Beate einen Zettel, auf dem er sich Notizen gemacht hatte. Sorgfältig hatte er dort aufgelistet:

Familia, Beteiligung: Ostseehalle, City, Hauptanzeigenkunde des Kieler Anzeigers, Sponsor des THW, Geschäftsführer: Achim Gotthart.

Kieler Anzeiger, Beteiligungen: Ostseehalle, Geschäftsführer: Dr. Jansen (im Ausichtsrat von Holstein Kiel).

Provital, Beteiligung: Ostseehalle, Familia, Geschäftsführer: Markus Lütmann (Vorsitzender von Holstein Kiel).

SKY Supermarktkette, Hauptssponsor Holstein Kiel, Beteiligung Kiesing Immobilien, Geschäftsführer: Sönke Wertheim (Aufsichtsrat THW).

27 Absolutely Curtains

Rolf Sievers wusste, dass er kein guter Schreiber war, zumindest keine Edelfeder, seinen Beruf liebte er trotzdem. Inzwischen hatte er sich immerhin den Ruf eines Pioniers des Online-Journalismus erarbeitet. Auch wenn die Kollegen der Printausgabe immer etwas milde lächelnd über die Online-Ausgabe des Lokalblattes sprachen. Für Sievers gab es nur eine Zukunft für den Journalismus, wenn er alle Möglichkeiten des www nutzte. Das hatte er inzwischen auch der Geschäftsleitung klar gemacht. Immerhin flossen jetzt erhebliche Gelder in sein Ressort. Er war Technik-Freak, als die ersten Handys auf den Markt kamen, gehörte er zu denen, die sich seines mit einer Haltertasche am Gürtel befestigten.

Das Gespräch mit Stiller nach der Konferenz gab ihm zu denken. Stiller echauffierte sich darüber, dass der Tod von Kerner überhaupt nicht angesprochen wurde. Stiller und Sievers verband eine langjährige vertrauensvolle Zusammenarbeit. Und Sievers mochte Kerner. Er war ihm sogar mal auf eine Stelle im Haus nachgerückt, die er nur zu gern verlassen hatte. Sein damaliger Ressortchef hatte ihm das Leben nicht leicht gemacht, Sievers wusste, dass es Kerner später nicht besser ergangen war.

Er dachte über Stillers Worte nach. Wenn Kerner tatsächlich eine Geschichte angeboten hatte, dann konnte er recherchieren, wo sie geblieben ist. Er hatte als Online-Redakteur und Administrator des Redaktionssystems uneingeschränkte Rechte. Er konnte jedem Buchstaben, der das Haus erreichte oder verließ, nachspüren.

Mit den übliche Suchbegriffen wurde er allerdings nicht fündig. Kerner hatte keinen Text mit seiner E-Mail-Adresse geschickt. Er öffnete das Redaktionssystem und begann mit einer Volltext-Recherche. Zunächst suchte er nach allen Texten mit seinem Kürzel. „mke" tippte er auf der Tastatur. Jede Menge Texte erschienen auf dem Bildschirm, chronologisch sortiert. Sievers erkannte schnell, dass es altes Zeug war.

Nur wenige Artikel hatten ein Datum nach seiner Kündigung. Artikel, die er kannte. Nein, das brachte nichts. Nein, er musste den Weg gehen, der auch ihm nicht erlaubt war, auch wenn er der Einzige war, der diesen Weg gehen konnte. Sievers tippte ein: jw.red@kieler-anzeiger.de, die Mail-Ad des Chefredakteurs Jochen Wohlert. Und jetzt ging er auf die Suche, nach einer Mail, die Kerner an Wohlert geschickt hat, sicher nicht unter seiner normalen Adresse. Aber er wurde fündig.

Sievers konnte sich denken, warum dieser Text nicht veröffentlicht werden sollte. Er markierte die Buchstaben und saß minutenlang vor dem Rechner und seinem blinkenden Cursor. »Sind Sie sicher, dass Sie das Dokument unwiderruflich löschen wollen?«, fragte ihn die Maschine. Nein, sicher war er sich nicht.

28 Burning Bridges

Kaiser und Beate schauten sich nach Jansens Abgang fragend an. Irgendwie kamen sie nicht voran. »Wir sollten uns den Pressesprecher vorknöpfen, mal sehen, worum es in dem Streit beim Empfang ging«, Kaiser sprach aus, was Beate dachte. »Okay, lass uns direkt rübergehen.«

Das Rathaus war nur wenige Gehminuten vom Kripo-Haus entfernt. Als sie vor die Tür traten, empfing sie eine milde Brise, der Hiroshima-Park, den sie durchquerten, zeigte sich in aufkommendem zarten Grün, einige Kirschbäume machten sich auf, ihre rosa Blütenpracht in Stellung zu bringen. Beate musste an den Frühling vor einem Jahr denken. Sie hatten sich am Osterwochenende in seiner Wohnung getroffen, schon am Vormittag. Als Matthias die Tür öffnete, fiel sie ihm sofort in die Arme. Nur keine Zeit verlieren, die ersten

Klamotten hatten sie sich bereits im Flur gegenseitig ausgezogen. Sie schafften es gerade noch bis zum Wohnzimmer, ließen sich auf den Teppichboden fallen und liebten sich wie Verdurstende, die in der Wüste auf Wasser stießen. Das war wirklich kein Blümchensex, dachte Beate und merkte, dass sie ganz unverblümt grinste.

Kaiser schien es nicht bemerkt zu haben und ließ ihr den Vortritt bei der Drehtür des Rathauseinganges. Sie gingen die Treppen des im wilheminischen Großmannsgeist 1914 eingeweihten Kollossalgebäudes hoch, den Flur entlang, auf dem mehr oder weniger entnervte Bürger auf ihre neuen Ausweise warteten, bis zu den Paternostern.

Das Büro des Pressesprechers im zweiten Stock kannte Beate von ihren Einsätzen zur Kieler Woche. Wenn Bundesprominenz zur Eröffnung des Mega-Ereignisses anreiste, wurde bei der Kripo alles mobilisiert, was laufen konnte, um den Schutz von Bundespräsidenten, Kanzlern oder Show-Größen zu gewährleisten.

Hauer stand im Vorzimmer seines Büros und besprach etwas mit seiner Sekretärin. Etwas irritiert schaute er auf die Dienstausweise, die die beiden Kripobeamten ihm hinstreckten. »Polizei? Was kann ich für die Kollegen tun?«, Hauer lächelte die beiden an.

Beate fand die plumpe Vertraulichkeit unangenehm. Sie wusste, dass Hauer früher mal Polizeireporter war, aber ein Kollege war er damit sicher noch lange nicht. Sie erinnerte sich, dass er den Ruf hatte, sich den Kollegen extrem anzubiedern. Er war eine sichere Adresse, wenn die Kieler Polizei etwas in die Zeitung bringen wollte. Er hievte die Pressemeldungen der Kripo-Pressestelle meist unredigiert ins Blatt.

»Wollen wir in Ihr Büro gehen?« Beate war es wichtig, ihm gleich deutlich zu machen, dass es hier um eine ernste Sache ging.

»Ja, gern, kommen Sie.« Die drei nahmen in der Sitzgruppe des Büros Platz. »Darf ich Ihnen etwas zu trinken anbieten?«

»Danke, nein, Sie hatten einen heftigen Streit

mit Matthias Kerner?«, Kaiser nahm zu Beates Überraschung das Heft in die Hand.

»Sie meinen unseren Disput beim KA-Empfang? Ja, Matthias nahm gern den Mund reichlich voll. Für meine Begriffe.«

»Worum ging es genau?«

»Ach, er meinte, die Stadt würde dem Anzeiger ein Grundstück für die neue Rotation schenken. Er vermutete da wieder eine ganz große Story.«

»Und hatte er Recht?«

»Quatsch, warum sollte die Stadt so etwas machen. Natürlich helfen wir, wie im übrigen bei jedem anderen Unternehmen auch, bei der Grundstückssuche. Die Stadt hat ja ein großes Interesse, dass Gewerbe in der Stadt bleibt und nicht ins Umland abwandert.«

»Und warum wurde es dann so lautstark, wie andere Gäste des Empfangs bestätigten?«

Hauer nahm sich einige Momente um zu

antworten. Beate sah, dass er um eine Antwort
rang.

»Ehrlich gesagt, ich mochte Matthias nicht
besonders, er ging mir mit seinem ständig
erhobenen Zeigefinger auf die Nerven. Das war
schon im Studium so. Wir haben ja beide hier in
Kiel Politik studiert, und ehrlich: Dieses ständige
linke   wir-wissen-wie-die-Welt-gerettet-wird-
Geblubber fand ich schon damals zum Kotzen.«

»Hatte Kerner Ihnen gedroht?«

Hauer zögerte, für Beate einen Moment zu
lang.

»Nein, womit sollte er mir drohen?«

»Mit einem Artikel über die Hilfestellung der
Stadt bei der Grundstückssuche?«

»Das ist doch absurd, da ist nichts dran, wie
gesagt.«

»Wo waren Sie zur möglichen Tatzeit am
Dienstag zwischen 16 und 22 Uhr?«

»Mein Alibi? Das ist zwar genauso absurd,

aber bitte.«

Hauer ging zu seinem Schreibtisch nahm seinen Kalender, schlug den letzten Dienstag auf.

»16 Uhr: Pressegespräch über eine neues Pfandsystem zur Kieler Woche, hier im Büro. Ging bis 18 Uhr. Danach Besprechung mit der Oberbürgermeisterin bis 19 Uhr. Ich glaube, ich hab dann noch ein Papier für die OB fertiggestellt. Schätze, ich war dann so um neun zuhause.«
»Kann das jemand bestätigen?«

Beate kam die Schärfe ihrer Frage fast unangenehm vor, so schnell schoss sie sie heraus.

»Nein, also ich weiß nicht, ich lebe allein, vielleicht ein Nachbar, ich weiß es nicht. Bin ich jetzt ihr Hauptverdächtiger?«

Beate und Kaiser ließen die Frage unbeantwortet.

»Wenn Ihnen noch etwas einfällt, rufen Sie uns bitte an", Kaiser legte seine Karte auf den Tisch.

Vor der Tür des Rathauses blieben die beiden Kripobeamten stehen.

»Da ist was nicht koscher«, Kaiser war klar, dass Beate genauso dachte.

»Ja, ich denke, wir müssten mehr über Herrn Hauer und seinen Job erfahren.«

29 Fearless

Das Büro empfing sie mit dem Standard-Klingelton der Telekom. Kaiser ging ran.

»Für Dich«, er gab Beate den Hörer.

»Müller, Kripo Kiel?«

»Armbruster, Kripo Erfurt, oder besser Verfassungsschutz Thüringen.« Beates Augenbrauen gingen fragend nach oben.

»Ihr habt da oben einen toten Journalisten?«

»Ja, und?«

»Wir haben hier auch ein paar«

»Ein paar was?«, Beate nervte dieses Häppchengespräch.

»Tote Journalisten.«

Beate stutzte, aber gab sich betont desninteressiert, »naja, ist halt ein gefährlicher Beruf.«

»Ja, besonders wenn man Handfeuerwaffen aus dem zweiten Weltkrieg begegnet.«

Beate erwischte noch knapp die einzige tägliche Direktverbindung zwischen den beiden Landeshauptstädten am Mittag. Es war nicht dieselbe Waffe, aus der geschossen wurde, das war klar. Aber es war eben auch eine Waffe aus den 1940er Jahren, die in der Wehrmacht und Waffen-SS benutzt worden war. Ein rechtsradikaler Hintergrund wäre da natürlich logisch. Sie hatte mit Kaiser kurz die Möglichkeit besprochen, aber es letztlich verworfen. War wohl eher Zufall. Jetzt aber deutete sich da etwas ganz anderes an. Wenn es einen Zusammenhang zwischen den Morden gab, wäre ein rechtsradikales Motiv sicher. Vielleicht hatte das Buchmanuskript gar nichts mit dem Fall zu tun. Es war bei Matthias üblich, dass er an mehreren Projekten gleichzeitig arbeitete. Zwangsläufig, denn die Zeilenhonorare für Freie Journalisten gingen seit der Verbreitung des Internets kontinuierlich bergab. Nur noch wenige Verlage hielten sich an die Empfehlungen des Journalistenverbandes. Der

Kieler Anzeiger gehörte nicht dazu.

Sie ging die Fakten noch einmal durch. Erstens: Erschossen mit einer Pistole aus den 1940ern. Zweitens: Matthias recherchierte über die Familiengeschichte einer Kieler Werftendynastie. Gab es da Leichen im Keller? Womöglich musste man das sogar wörtlich nehmen? Aber dann nutzt man doch keine Waffe, die den direkten Weg aufzeigt. Also doch ein Serientäter, der sich Journalisten als Opfer ausgesucht hat. Linke Journalisten, wie ihr Kollege aus Erfurt hinzugefügt hatte.

Also ein rechtsradikaler Hintergrund? Matthias hatte vor einigen Jahren eine Story geschrieben, die sich mit der Karriere der Stadtoberen beschäftigte, als das Rathaus noch am Adolf-Hitler-Platz stand. Viele schafften den lückenlosen Übergang vom Nazi zum Vorzeigedemokraten in sensationell kurzer Zeit. Matthias hatte damals untersucht, welche Kontakte Heinz Reinefarth zur Kieler Verwaltung und Politik unterhielt. Reinefarth war nach dem Krieg zunächst Bürgermeister auf Sylt, später Abgeordneter des Kieler Landtags gewesen. Bei der Niederschlagung des Warschauer Aufstandes 1944 wurde der SS-Mann zum „Henker von Warschau", wie er in Polen genannt wird.

Er hatte auch Geschichten geschrieben, die sich mit dem Umfeld von Kieler Rockerbanden beschäftigten, in denen rechtes Gedankengut auch verbreitet war. Außerdem analysierte er die Wahlerfolge der AfD, die auch in Kiel präsenter war, als beiden lieb war. Aber all das ergab irgendwie keinen Sinn. Beate grübelte und suchte nach dem missing link. Sie schaute aus dem Zugfenster auf die immer grüner werdende Landschaft. Der Frühling zeigte sich von seiner schönsten Seite. Und Beate hatte die passenden Gefühle dazu. Zwischen die harten Fakten, über die sie nachdachte, mischten sich immer wieder die Bilder der vergangenen Tage, Bilder von Katharina. Sie merkte, dass sie dabei war, sich richtig schwer zu verlieben.

Sie verließ den Bahnhof und schaute sich um. Ihr Hotel lag rechts vom Willy-Brandt-Platz.

Diesem Platz, auf dem vor gut 40 Jahren die Menschen nach dem Bundeskanzler riefen, der mit seinem Besuch in der DDR das langsame Ende der anderen Republik einläutete. Das Intercity Hotel erwartete Beate mit dem Charme anonymer, austauschbarer Massenware. Ihr Zimmer lag im vierten Stock, Blick auf den historischen Platz. Beate nahm ihr iPhone und wählte die Nummer von Armbruster.

„Ich bin gerade angekommen, treffen wir uns morgen früh?"

»Ja, okay, wo sind Sie abgestiegen?«

»Intercity Hotel am Bahnhof.«

»Dann hol ich Sie morgen früh dort ab, sagen wir um acht?«

»Ja gut«, Beate wollte schon grußlos auflegen.

»Ach, können Sie mir hier einen Italiener empfehlen, ich wollte gern noch etwas essen gehen.«

»Am Wenigemarkt gibt es einige gute

Restaurants«

»Das ist bitte wo?«

»Da können Sie vom Hotel zu Fuß hin gehen. Rechts an dem Willy B. Café vorbei und dann eigentlich immer gerade aus. Aber wissen Sie was, ich mach ohnehin jetzt Feierabend und hab' auch noch nicht gegessen, ich hol' Sie in zehn Minuten ab.«

Beate war das nun gar nicht recht, sie hätte gern ihre Ruhe gehabt und verfluchte sich, nach einem Restaurant gefragt zu haben. Aber jetzt konnte sie ihren Kollegen ja wohl schlecht abwimmeln. Das wäre für die weitere Zusammenarbeit wenig hilfreich.

Als sie zehn Minuten später vor dem Hotel stand, malte sie sich den Verfassungsschutzmann aus. Graue Haare, randlose Brille, grauer Anzug, unauffällige blaue Krawatte, beiger Mantel, wahrscheinlich fährt er einen BMW-Combi, schwarz, Initialien im Kennzeichen.

Der Mann, der ihr aus einem hellblauen Käfer-Cabrio zuwinkte, passte nun gar nicht zu ihrer

Vorstellung: Dunkle lockige halblange Haare, Jeansjacke, offenes weißes Hemd mit Stehkragen. Er öffnete von innen die Wagentür und streckte ihr seine Hand entgegen.

»Jens Armbruster, freut mich, Sie kennenzulernen.«
Beate nahm die Hand und stammelte etwas verwirrt, »Müller, Beate Müller, freut mich auch.«

Jens gab Gas.

Im Taxi, auf dem Weg zum LKA am nächsten Morgen machte sich Beate so ihre Gedanken über sich. Nein: Jens war keineswegs der spießige Verfassungsschützer, den sie sich ausgemalt hatte und Ja: er war sehr attraktiv und: Ja, er war sehr humorvoll und: Ja, er war witzig und geistreich, und Ja: sie hatte ihn mit ins Hotel genommen und: Ja, der Sex mit ihm war großartig und: Nein, verstehen konnte sich Beate nicht.

Denn ihre Gefühle für Katharina blieben ungebrochen, sie war bis über beide Ohren

187

verliebt in sie. Aber: die Nacht gestern hatte nichts mit zuviel italienischem Rotwein zu tun. Die gemeinsam verbrachte Nacht war folgerichtig – was für ein sperriges Wort, dachte sie gleichzeitig, fand aber kein anderes, das wirklich traf – nach dem wundervollen Abend in diesem italienischen Restaurant, wo Jens offenbar Stammgast war. Er wurde von den Kellnern begrüßt, als würde er zur Familie gehören. Eine *Italian Connection* hatte bei einem Polizisten ja gern einen üblen Nachgeschmack, dachte Beate. Aber nach ihrer Beurteilung war Jens von Korruption so weit entfernt wie die AfD vom Grundgesetz.

Wie würde er wohl jetzt im LKA auf sie eingehen, sie begrüßen? Doch hoffentlich nicht mit einer Umarmung. Der Abend war für sie überraschend, sie hatte mit Fachgesprächen, mit Informationen über die Fälle gerechnet. Stattdessen sprachen sie mehr über ihr Berufsverständis im Allgemeinen, über Polizeiphilosophie, über Politik, über Gerechtigkeit, über all das, was ihren Job notwendig machte. Seelenverwandte, dachte

Beate. Folgerichtig.

Als sie nach nur 9 Minuten aus dem Taxi stieg, ragte der Zweckbau des Landeskriminalamtes weißgrau vor ihr auf. Sie meldete sich beim Pförtner an und blickte sich um. »Nicht so oll wie bei uns«, dachte sie, moderner, mehr als Dienstleistungszentrum gedacht, meinte sie der Innenarchitektur zu entnehmen. Sie wurde mit einem betonten »Frau Müller? Ich freue mich, Sie in Erfurt begrüßen zu dürfen«, aus ihren Gedanken geweckt. Gott sei Dank, keine Umarmung. War ja irgendwie auch klar. Seelenverwandte.

30 Louder Than Words

Rolf Sievers hatte lange mit sich gerungen, ob er die Datei für immer im Internetnirvana versenken sollte. Er entschied sich anders. Er nahm das Telefon und wählte die Nummer der Kripo, die er aus seiner Zeit als Polizeireporter immer noch im Kopf hatte. »Bitte Hauptkommissar Kaiser«, Knacken in der Leitung, dann »Kaiser, wer ist da bitte?«

»Rolf hier, Rolf Sievers".

»Hey wie geht's?«, Kaiser freute sich tatsächlich. Sievers war vor Tilman Hauer Polizeireporter des Anzeigers gewesen. Und wesentlich engagierter. Kaiser hatte er mal gebeichtet, dass er morgens im Bad als Erstes den Polizeifunk einschaltete und so manchmal vor der Kripo am Tatort war, wenn in der Provinzhauptstadt denn überhaupt Tatorte entstanden.

»Gut soweit, Du, ich bin da auf etwas

gestoßen, das mit dem Mord an Matthias zu tun haben könnte, Interesse?«

»Ja klar, wenn es von Dir kommt, wird da auch was dran sein.«

»Also wirklich nur vielleicht«, setze Sievers vorsichtig hinzu. »Ich möchte nur nicht etwas versäumen, was wichtig sein könnte.« Pause. »Ich brauch aber deine Zusicherung der Vertraulichkeit, könnte mich meinen Job kosten.«

»Selbstverständlich, dafür kennen wir uns schon zu lange.«

»Okay, treffen wir und um eins im Bauch?«

»Geht klar.«

»Der Bauch von Kiel« lag ziemlich genau in der Mitte zwischen Redaktion und Inspektion. Ein Restaurant, in dem sich viele »wichtige« Menschen trafen, Polizisten, Rechtsanwälte, Presseleute, auch Designer der nahgelegenen Kunsthochschule. Hier konnte man vertrauliche Gespräche führen, da der Geräuschpegel so hoch war, dass man den Gesprächen am Nachbartisch ohne Richtmikrofon nicht folgen konnte. Kaiser war zuerst da, setzte sich an einen Zweiertisch hinten rechts in der Ecke. Hier traf er sich auch öfter mit einem befreundeten Strafverteidiger, sie konnten sich mitunter gegenseitig helfen.

Als Sievers das Restaurant betrat, winkte er ihm zu. Die Begrüßung: eine freundschaftliche Umarmung.

Nach ihrer Bestellung kam Kaiser zur Sache: »Erzähl, worum geht's?«

»Du weißt ja, ich hab in der Redaktion Zugang zum gesamten Computernetzwerk, zu allen Dateien. Und da hab ich mal etwas recherchiert, als ich davon Wind bekam, dass Matthias, also Kerner, uns etwas angeboten haben soll. Ja und...«, die Pause sollte unterstreichen, dass er sich es verdammt schwer machte, damit herauszurücken.

»Hubert, ich würde das niemandem sonst erzählen, ich vertrau Dir.«

»Kannst Du, versprochen. Ich gebe Dir mein

192

Ehrenwort, ich wiederhole mein Ehrenwort.«
Auch Kaiser konnte hier und da mal witzig sein.
Sievers musste grinsen und gab ihm das zehn
Seiten starke Dokument über den Tisch.

31 When You're In

»Wie kommt es eigentlich, dass Sie vom Verfassungsschutz hier im LKA rumlaufen, als wär das Ihr Zuhause?«

Das „Sie" fiel Beate nicht schwer, es amüsierte sie eher. Und ihn auch, war sie sich sicher.

»Bei uns in Kiel wäre das ziemlich ausgeschlossen.«

»Bei Ihnen gab es auch nicht solche eklatanten Ermittlungsfehler wie bei uns im Osten, Stichwort NSU. Zumindest diese Landesregierung hat daraus Konsequenzen gezogen und die beiden Ämter zur Zusammenarbeit verdonnert. Den letzten Ausschlag gab dann sicher das Attentat in Halle. Trotz aller verfassungsrechtlichen Bedenken. Allerdings muss ich sagen, dass ich hier auch erst einige Zeit gefremdelt habe.«

Peter Steiner, sein Kollege vom LKA grinste

und hob die rechte Augenbraue: »Na, so böse waren wir doch gar nicht zu Dir. Aber im Ernst: Natürlich haben sich beide Ämter anfänglich misstrauisch beäugt, uns war ja auch nicht verborgen geblieben, dass der VS sich immer für etwas besseres gehalten hatte, eine Art Intellektuellen-Polizei. Das ist sicher auch bei den meisten noch immer so, aber mit Jens haben sie uns immerhin ein ausbaufähiges Modell geschickt.«

»Danke fürs Kompliment. Wollen wir uns jetzt den Fakten zuwenden?«

Ohne eine Antwort abzuwarten legte Jens los, stellte sich vor die Pinwand, die mit Dutzenden von Fotos und Zetteln zugekleistert war:

Fall 1, Leipzig, 9. November, Tatzeit etwa 23 Uhr. Opfer: Oliver Stohn, Chefredakteur der Leipziger Volkszeitung. Erschossen auf dem Heimweg, Tatwaffe: eine Mauser C96, Baujahr zwischen 1939 und 1945.

Fall 2, Dresden, 30. Januar, Tatzeit etwa 20.30 Uhr. Opfer: Karl Bernsteiner, Redakteur der

Dresdner Allgemeinen. Erschossen auf dem Heimweg, Tatwaffe: eine Mauser C96, Baujahr zwischen 1939 und 1945.

Fall 3, Erfurt, 27. Februar, Tatzeit etwa 20.45. Opfer: Jens Schnoden, Lokalchef der Thüringer Allgemeinen. Erschossen auf dem Heimweg, Tatwaffe eine Mauser C96, Baujahr zwischen 1939 und 1945.

»Habt Ihr inzwischen herausbekommen, was die Kieler Tatwaffe war?« Beate bemerkte, wie Jens langsam in den Duz-Modus abgleitete.

»Wenn das okay ist, können wir uns gern duzen, ich heiß' Beate.«

»Jens.«

»Peter.«

»Ja, wir haben die Info vorhin bekommen, es ist eine Walther P38, eine Standardwaffe für Offiziere der Deutschen Wehrmacht. Also sicher nicht Eure Tatwaffe. Aber unser Opfer hatte schon einige Recherchen im rechtsradikalen Milieu gemacht. Das würde passen.«

»Die Tat erfolgte am 11. März?«, Jens schaute Beate in die Augen und es schien ihr, als wollte er sie ganz etwas anderes fragen.

»Ja 11. März, Tatzeit wahrscheinlich zwischen 15 und 16 Uhr.«

»Das passt auch nicht«, Jens kratzte sich am Kopf, »Also ich meine nicht die Uhrzeit, hast Du Dir die Daten mal angesehen? 9. November, 30. Januar, 27. Februar?«

Beate ging zur Pinwand, schaute sich die Fotos der Opfer an und überlegte. 9. November: Mauerfall, aber auch Reichspogromnacht und Hitlers Putschversuch in München, 30. Januar, klar, Hitlers Machtübernahme.

»Mit dem 27. Februar kann ich nichts anfangen.«

»Wir mussten auch erst mal ins Geschichtsbuch gucken — der Reichstagsbrand 1933 und damit die große Verhaftungswelle gegen Kommunisten und Sozialdemokraten.«

»Okay, und habt Ihr den 11. März

recherchiert?».

»Ja schon, aber da gibt es wenig, was die Schwere der anderen Ereignisse hat.«

»Der sogenannte Warenhaussturm 1933«, warf Steiner ein, »eine Gewaltaktion gegen jüdische Kaufhäuser in Braunschweig, die von SA- und SS-Mitgliedern durchgeführt wurde und die Bildung einer nationalsozialistischen Regierung in Österreich 1938. Aber der Einmarsch, also ‚Heim ins Reich' wurde Österreich erst einen Tag später geholt, am 12. März.«

Beate wurde nachdenklich: »Da die Neonazis manchmal zu blöd sind, bei ihren Schmierereien an Häuserwänden die Hakenkreuze in die richtige Richtung zu malen, würde ich das nicht ausschließen.«

»Die Opfer hier wurden ja geradezu hingerichtet, unser Opfer in Kiel war beim tödlichen Schuss in einer Bewegung, möglicherweise wollte er sich durch einen Sprung ins Wasser retten.«

Beate sah sich die Fotos der Opfer an der

Pinwand an. Die drei sahen irgendwie anders aus als Matthias. Es dauerte, bis sie die Unterschiede benennen konnte. »Ihr seht ja alle gleich aus«, der Satz schoss ihr durch den Kopf, ein Erinnerungsfetzen: Pressekonferenz von Mick Hucknall, Sänger der Band Simply Red im Hamburger Mariott Hotel. Beate hatte Matthias zu dem Termin begleitet. Sie hatten auf Kosten des Kieler Anzeigers eine Nacht in Hamburg verbracht. Eine sehr schöne Nacht, wie sie sich erinnerte. Als sie sich während der Pressekonferenz umsah, ging ihr dieser Gedanke durch den Kopf und sie stieß Matthias an: »Ihr seht ja alle gleich aus.« Matthias sah sich um und grinste. Sie hatte recht, fast alle männlichen Redakteure aus den Musikredaktionen der Republik hatten Jeans, dunkles T-Shirt und braune Lederjacken an.

Das war der Unterschied: Die Ost-Leichen waren anders gekleidet, Hemd, Sakko, das Leipziger Opfer sogar mit Krawatte.

»Das passt nicht«, hörte sie sich sagen, »die Klamotten.« Die beiden Ermittler sahen sie etwas verdutzt an. Beate deutete mit dem

Kugelschreiber auf die Fotos der Leichen. »Sie sind ganz anders gekleidet, sie waren alle in Leitungsfunktion, richtig?« Jens nickte.

»Matthias, also unser Opfer in Kiel«, Jens entging die Vertraulichkeit, mit der Beate über das Opfer sprach, durchaus nicht, »war immer lässig gekleidet, eben wie es sich ein freier Journalist leisten kann. Diese Opfer hier hatten Leitungsfunktionen, sie waren mehr als Schreiberlinge, sie waren Symbole des Systems.«

»Lügenpresse«, warf der LKA-Mann in den Raum. Jens sah Beate durchaus beeindruckt an. Er kam zu ihr an die Pinwand und verglich die Fotos mit denen, die Beate mitgebracht hatte.

»Du hast recht, andere Typen, andere Symbole. Für ein Fanal gegen die Lügenpresse taugt Dein Opfer nicht.«

32 The Thin Ice

Ankunft Kiel Hauptbahnhof. Jens hatte sie in Erfurt noch zum Zug begleitet. Ja, es gab einen langen Abschiedskuss, und ja, sie blickten sich dann noch lange in die Augen. Und ja, sie würde ihn gern wiedersehen. Aber jetzt stand sie Katharina auf dem Kieler Bahnsteig gegenüber und ihr bestens funktionierendes Gehirn setzte Glückshormone ohne jede Hemmung frei. Sie umarmten sich und küssten sich leidenschaftlich. Beide hatten inzwischen jede Hemmung aufgegeben, sich auch öffentlich zu ihrer etwas anderen und unüblichen Liebeseinstellung zu bekennen.

»Ich hab Dich vermisst«, Katharina schaute sie mit ihrem offenen Lachen an, und Beate hatte das Gefühl in einer Woge von Wohlfühlen zu versinken. Ein schönes Gefühl. Auch wenn Jens dazu beigetragen hatte, dass sie ehrlicherweise keine Zeit gehabt hatte, Katharina zu vermissen. Jetzt war sie aber da und für sie da.

»Lass uns hier irgendwelche Thai-Nudeln mitnehmen und schnell zu mir nach Hause, okay?«

Sie verließen den Bahnhof auf der »Kaisertreppe«, dem östlichen Seitenausgang des Kieler Bahnhofes, der 1906 extra für Wilhelm II. gebaut worden war, damit der Kaiser vom Bahnhof aus direkt auf seine Yacht »Hohenzollern« gelangen konnte, die an der Hörn bereit stand. Nun stand statt der kaiserlichen Segelyacht auf der Förde Beates MX5 direkt am Ende der Stufen.

»Soll ich fahren?«, fragte Katharina.

Beate fiel auf, dass sie ihre Fahrkünste bislang noch nicht betrachten konnte. Sie war gespannt. Und auch Katharina verstand sich auf einen Proll-Start mit quietschenden Reifen, Beate lächelte.

Beate stellte die Papppackungen mit den Fast-Food-Nudeln auf den Tisch in der Küche. Katharina holte einen Rotwein aus dem Wohnzimmer, Beate bemerkte, wie sie sich hier schon zuhause fühlte – und es gefiel ihr.

»Wie war's in Erfurt?«, fragte sie während sie die Gläser füllte, Zinfandel wie beim letzten Mal.

»Schöne Stadt, nette Menschen, aber für unsere Ermittlungen müssen wir das wohl abhaken.«

Katharina schaute fragend über ihren Pappbecher hinweg.

»Es passt nicht zusammen, das einzige, was zusammenpasst, sind die Tatwaffen. Genauso wie bei Matthias verwendete der oder die Täter eine Pistole, die bevorzugt von Offizieren der SS und der Wehrmacht verwendet wurde. Aber die drei Opfer in Erfurt, Leipzig und Dresden waren alle in Leitungsfunktion, waren Repräsentanten der Lügenpresse, wie Pegida-Anhänger die Journalisten beschimpfen. Die drei Taten im Osten hatten ein einheitliches Handlungsmuster, das bei Matthias nicht gegeben ist. Außerdem...« Beate machte eine Pause, weil sie sich selbst noch einmal darüber klar werden mussten, was Jens ihr auf dem Bahhof noch mitgeteilt hatte.

»Außerdem haben sie gestern noch einen Mord gemeldet bekommen, diesmal nicht im Osten, sondern in Köln.«

»Oh«, Katharina war erschrocken.

»Ja, andere Waffe, aber gleiches Handlungsmuster, Opfer ist der Lokalchef des Kölner Express, erschossen auf dem Nachhauseweg aus der Redaktion. Tatwaffe wieder eine Luger, aber nachweislich eine andere Waffe als die in Erfurt.«

» Was bedeutet das, NSU 2.0?«

»Ja, es ist erschreckend, das können Einzeltäter sein, aber Jens, also der ermittelnde Verfassungsschützer, meint, es gäbe ein Netz im Hintergrund, ein gefährliches Netz, das die Planung und Logistik übernimmt. Auch der Anschlag von Halle bringt er mit einem solchen Netzwerk in Verbindung.«

»Aber für unseren Fall«, und Beate merkte, dass sie tatsächlich von einem Fall sprach, nicht vom Mord an Matthias. Professionell oder gefühllos? Sie war unsicher.

»Für den Mord an Matthias muss ich die anderen drei Spuren verfolgen.«

»Welche meinst Du?«

»Klar ist, dass die Jungs beim Kieler Anzeiger alles andere als unglücklich sind, dass sie von ihm kein Störfeuer mehr zu erwarten haben. Aber auch der Pressesprecher der Stadt hat offenbar alte Rechnungen mit Matthias offen. Er ist ja auch wirklich jedem auf die Füße getreten, der ihm über den Weg lief«

»Deshalb hattest Du ihn geliebt, oder?«

Katharinas Frage zeigte Beate, wie sehr sie sich in sie einfühlen kann. Seelenverwandt.

Beate ging um den Tisch herum und nahm Katharinas Hände in ihre, zog sie sanft hoch. Sie küssten sich. »Komm«, Beate zog sie hinter sich her, Richtung Bett. »Und Spur Nummer 3?«

Beate musste lachen, dass sich Katharina auch auf dem Weg zu leidenschaftlichen Momenten Sinn für ihre Arbeit hatte. Sie schaute sie an: »Ich werde gleich morgen früh noch einmal zur

Werft fahren, Kaiser ist da nicht so recht klar gekommen, vielleicht erreich' ich da mehr. Aber jetzt will ich darüber gar nicht mehr nachdenken, komm.«

33 Wearing The Inside Out

Katharina machte es sich im Ledersessel gemütlich, schlürfte ihren Kaffe und begann wieder das Manuskript zu lesen. Beate hatte früh die Wohnung verlassen.

„Und allein konnte er das Ding nicht machen, da er ja wusste, wem die übrigen Häuser gehörten.

»Okay, dann schlag mal was vor.«"

Als sie das Kapitel zu Ende gelesen hatte, war ihr klar, warum Matthias sterben musste. Sie griff zum Handy, tippte Beates Nummer. Freizeichen. Aber sie ging nicht ran. Sie wollte da heute hin, die Werft-Tante nochmals befragen. Weil Kaiser nichts herausbekommen hatte.

Kaiser.

110.

»Bitte geben Sie mir die Nummer von Hauptkommissar Kaiser, es ist sehr wichtig.« Katharina hatte das Gefühl zu explodieren, sie wusste, das Beate in höchster Gefahr ist, wenn sie ihr diese Info nicht geben konnte.

»598-1632« teilte ihr eine Stimme aus dem Off mit. Sie wählte.

»Kaiser, Kripo Kiel?«

»Hier spricht Katharina Jensen, ich bin eine Freundin von Beate Müller«, eigentlich wollte sie sagen, *die* Freundin, aber das war jetzt auch egal.

»Sie hat mir etwas zum Lesen gegeben und ich glaube, sie ist in größter Gefahr.«

»Nun mal nur die Ruhe«, hatte er gesagt, Beate könne schon auf sich aufpassen. Sicher kann sie das, überlegte sie, aber nicht, wenn sie ahnungslos ins offene Messer rennt. Katharina war auf dem Weg zur Werft, das Manuskript mit den entscheidenden Seiten lag neben ihr. Treffpunkt mit Kaiser war die Toreinfahrt. Sie hatte ihn letztlich überzeugt, dass es wirklich dringend sei.

Kaiser wartete schon vor dem Tor. Katharina gab ihm die Seite auf der eigentlich alles drin stand.

»Die Neubachs haben ihr gesamtes Immobilienimperium auf einer Lüge aufgebaut. Und das hat Matthias Kerner herausgefunden. Deshalb musste er sterben. Wer auch immer heute über die Immobilien verfügt, sie wären futsch gewesen, wenn das an die Öffentlichkeit käme. Das ist Grund genug, jemanden zu töten.«

»Und vielleicht auch noch jemanden, da haben Sie Recht.«

Kaiser überflog die Sätze, er war schon zu dem selben Ergebnis gekommen. Er musste Beate suchen. Ihr Handy war abgeschaltet, die veranlasste Ortung hatte kein Ergbnis gebracht. Allein das war schon ein Alarmsignal. Beate ohne Handy, das gab es nicht.

34 High Hopes

»Ja, das ist jetzt etwas doof gelaufen«, Beate hörte die Stimme aus einem Nebel, ihr war noch nicht klar, wo sie war, wer sie war. Langsam kamen die Erinnerungen zurück: Sie hatte Angela Neubach angesprochen, vor ihrem Haus. Mit einem Bluff: Sie holte einen USB-Stick aus der Tasche. »Was meinen Sie, was wir in der Wohnung von Kerner gefunden haben?« Ein Schuss ins Blaue. Mit großer Wirkung. Beate hatte noch klar vor Augen, wie die Ex-Werft-First-Lady auf sie zukam, einen Gartenschlauch in der Hand, direkt an der Gartentür. Und dann nichts mehr.

Beate wachte auf und bemerkte zwei Dinge: sie war gefesselt und sie war durstig. Angela Neubach bot ihr Wasser aus einer Tasse an. Die mit Kabelbindern zusammengebundenen Hände schmerzten, mehr schmerzte sie allerdings, dass sie gefangen war. Unfähig zu handeln. Neubach hatte sie offenbar mit einem Elektroschocker betäubt.

Auf Reaktion beschränkt. Das lag ihr nicht. »Ja das hat sich jetzt ungünstig entwickelt«, trällerte Neubach. »Aber jetzt können Sie zumindest erleben, was ich diesem Schreiberling eigentlich zugedacht hatte, als er mir mit seinen sonderbaren Drohungen daher kam.« Inzwischen realisierte Beate wo sie war. Es war das Dock 2 der Neubach-Werft. Sie saß auf dem kalten Stahlboden, die Hände mit Kabelbindern gefesselt. Wenig Chance, daran etwas zu ändern. »Wenn die Dame mir dann mal folgen würde?« Sie ließ keinen Zweifel, wohin es gehen sollte, und dass sie mit der Pistole ernst machen würde. So wie sie das bei Kerner getan hatte. Es ärgerte sie noch immer, dass er sich nicht unter Deck hat bringen lassen und die Flucht durch einen Sprung ins Wasser vorgezogen hatte. Immerhin hatte sie ihn im Sprung getroffen. Wie sie meinte, tödlich. Sie war immer eine gute Sportschützin gewesen.

Beate hatte Angst, das war mal ganz klar, konstatierte sie für sich selbst. Und überraschte sich mit eben dieser Analyse. Okay, ich bin gefesselt, die Frau vor mir hat eine Pistole und ich soll jetzt in ein Dock steigen, das sie dann wohl fluten wird. Ich hab mich schon besser gefühlt. Das Problem war, ihr fiel nichts ein, wie sie nun die Situation zu ihren Gunsten ändern sollte. Nicht einmal ihr.

»Aber warum eigentlich?«, Beates Ratlosigkeit schockierte Neubach.

»Heißt das, Sie wissen gar nicht, warum ich Sie umbringen muss?«

»Ehrlich gesagt: Nein.«

»Ich war sicher, Sie sind gekommen, um mich zu verhaften. An die Geschichte, die ich Ihrem Kollegen aufgetischt hatte, hab ich selbst nicht glauben können. Ich war sicher, Sie hätten eine Kopie von Kerners Unterlagen gefunden. Ich hatte in seiner Wohnung zwar alles vernichtet, aber sicher war ich mir eben nicht.«

»Wenn es eine Kopie gibt, wird jemand sie finden, Sie werden damit nicht durchkommen, jetzt ist es noch Zeit. Die Tat an Kerner geschah im Affekt, das kann noch als Totschlag durchgehen. Was Sie mit mir vorhaben ist eiskalter Mord, da kommen Sie nicht nach zehn Jahren wieder aus der Haft«, Beates verzweifelter Versuch, Angela Neubach umzustimmen, prallte an ihr vollständig ab.

»Ich werde nicht in den Knast gehen, zehn Jahre absitzen und dann als arme Frau sterben. Wenn ich Sie frei lasse, verliere ich meine gesamten Immobilien, das Einzige, was für mich heute noch wert hat.«

Darum ging es ihr also, Beate konnte jetzt eins und eins zusammenzählen. Sie erinnerte sich, dass der Reichtum der Neubachs neben der Werft auf Immbobilienbesitz basierte. Die bleiben in Familieneigentum, egal was mit der Werft passierte. Und die haben sich die Neubachs offenbar unrechtmäßig angeeignet. Beate hatte keine Ahnung wie, aber das war jetzt auch wirklich egal. Nach Scheidung, Alkoholkrankheit und Verlust des Sorgerechts für die Kinder, blieben der Frau wirklich nur noch die Immobilien, um vielleicht eine neues Leben anfangen zu können.

»Und außerdem«, fuhr Angela Neubach fort, »man wird Sie nie finden: Heute Nachmittag werden die Schlepper das Dock nach Finnland schleppen.«

Beate erinnerte sich: »Höchstpreisverkauf nach Helsinki« titelte der Kieler Anzeiger vor ein paar Tagen. Der Insolvenzverwalter hatte das Neubach-Dock an eine finnische Werft verkauft.

»Und in so ein Schwimmdock schaut man nicht rein, solange alles funktioniert. Und das Ding hat 70 Jahre funktioniert, das wird auch weitere 70 Jahre funktionieren.«

Sie saß auf den Stahlplatten und blickte zu der überführten, aber leider nicht festgenommenen Mörderin hinauf. »Mal ehrlich, sie haben doch keine echte Chance«, Beate war sich sicher, dass das an ihr abprallte. »Wieso? Bis Sie jemand sucht, vergehen doch Tage, haben Sie nicht den Ruf, sich von Zeit zu Zeit mal zu verpissen?« Der Jubelton ging Beate zunehmend auf den Geist. Allerdings musste sie ihr zustimmen. Die Kehrseite ihrer Unabhängigkeit.

»Also werden Sie vielleicht gar nicht in Deutschland sterben, sondern in dänischen oder schwedischen Gewässern, ich hoffe Sie haben kein Problem damit?«

Angela Neubach öffnete eine Klappe im Boden und wies mit der Taschenlampe den Weg hinunter. Beate hangelte sich umständlich hinunter, die gefesselten Hände waren nicht hilfreich. Ein paar Stufen, dann eigentlich nichts mehr, ein großer Raum. Eben die Innenseite eines Docks. Angela wies Beate den Weg zu einer Art Pult in der Mitte des Raumes. Die einzige Lichtquelle war ihre Taschenlampe, sonst nichts. Das Pult war das Ende einer Kette, die zu irgendetwas führte, Beate war nicht sonderlich daran interessiert, wohin. Interessanter war, dass Angela Neubach ihr befahl, auf dem Pult Platz zu nehmen und die Kabelbinder mit der Kette verband.

Okay - KO.

Beate hatte eine ziemlich klare Vorstellung davon, was in den nächsten 24 Stunden geschehen sollte. Sie erinnerte sich an die

215

Geschichten von Werftarbeitern, die beim Nietenkloppen in die Hülle des Schiffes gefallen waren und nicht rechtzeitig wieder heraus fanden. Dutzende Werftarbeiter sollen so umgekommen sein. Ein ähnliches Schicksal stand ihr nun also bevor, dachte sie. Und der Blick der Mörderin von Matthias besagte nichts anderes.

»Mach mir keinen weiteren Ärger, Baby«, sagte sie und drehte sich mit der Taschenlampe um. Mit ihr verschwand alles Licht.

Als sie die Stiege nach oben erklommen hatte, die Klappe darüber schloss, war um Beate nichts mehr - nur Dunkelheit.

Das Klebeband vor dem Mund machte Hilferufe unmöglich, wahrscheinlich wären sie auch unsinnig. Beate versuchte sich vorzustellen, wie die Übernahme eines Docks wohl vollzogen würde. Wird überhaupt jemand auf das Dock gehen oder werden ein paar Seile und Tampen geschlagen und das Ganze ins Schlepp genommen? Und was heißt ins Schlepp nehmen eigentlich für das Dock, auf dem sie sich befand?

Würde das für die Fahrt geflutet werden? War das die Idee der Werft-Frau?

Sonst hätte sie mir eine freundliche Kugel ins Hirn geblasen. Sie mochte das Gefühl nicht, aber es kroch an ihr hoch. Angst. Weniger die Angst zu sterben, mehr die Angst zu leiden. Beate hatte schon längst die Angst vor dem Tod aufgegeben und sie mit einem Freiticket ins Nirwana eingetauscht. Naja, jedenfalls war sie immerhin so buddhistisch geworden, dass sie jetzt zu sich sagte: Wenn ich die Sau nicht in diesem Leben schnappe, dann im nächsten. Die Aussicht, innerhalb dieses Docks langsam zu ertrinken, sobald die finnischen Schlepper angedockt hatten, fand sie aber trotzdem wenig erfreulich.

Beate spielte alle Möglichkeiten durch.

35 Keep Talking

»Frau Neubach, sagen Sie uns, was Sie mit Frau Müller gemacht haben.«

Angela Neubach machte im Vernehmungsbüro keine Anstalten irgendetwas zu sagen. Stumm starrte sie ihre Gegenüber an. Kaiser und seine Kollegin Maja Langenfeld, die er für das Verhör dazu geholt hatte, redeten nun seit einer Stunde auf Neubach ein. Ohne Ergebnis.

Als er sie auf der Werft traf, stand sie mit einem Gartenschlauch in der Hand vor ihrem Haus. Kaiser kam sofort zur Sache.

»Sie haben jetzt genau zehn Sekunden Zeit, mir zu sagen, wo meine Kollegin ist, danach werde ich sie festnehmen.« Die Zeit verstrich ohne Reaktion. Auf den Sprung, mit dem er die Frau zu Boden riss, war sie offenbar nicht vorbereitet. Der Elektroschocker, dessen Einsatz sie auch für Beates Kollegen vorgesehen hatte, glitt ihr aus der Hand. Kaiser lag über ihr, riss ihr die Arme nach hinten und legte ihr die Handschellen an. Katharina, die sprachlos vor dem Zaun stand, war überrascht, nein eher schockiert, wie schnell und kompromisslos der von Beate als behäbig beschriebene Hauptkommissar handelte. Der scheint die Sache sehr ernst zu nehmen, ging es ihr durch den Kopf.

Sie hatte Angst, Angst um Beate, Angst um ihre Liebe.

Als Kaiser Angela Neubach an Katharina vorbei führte, trafen sich ihre Blicke. Sie erkannte, wie sorgenvoll Kaisers Blick war.

»Frau Neubach, Sie machen doch alles nur noch schlimmer. Ihre Häuser können sie sowieso vergessen, den Deal, den ihr Schwiegervater nach dem Krieg gemacht hat, können wir lückenlos aufdecken. Die Häuser, die den ermordeten Juden gehörten, werden an die möglichen Erben oder an die Stadt fallen. Ruiniert sind Sie so oder so. Aber den Tod Kerners kann ein cleverer Anwalt für Sie vielleicht als Totschlag im Affekt darstellen.

Doch wenn Sie uns nicht sagen, was Sie mit Frau Müller gemacht haben, gehen wir von Mord aus, mit oder ohne Leiche.«

36 Lost For Words

Beate dankte einem Gott, an den sie nicht glaubte, dafür, dass sie selten Markenklamotten kaufte. Stattdessen gern mal in Second-Hand-Shops oder auch in Billigläden, in denen keine Markenjeans verkauft werden. Und so eine Jeans hatte sie heute an. Lange hatte Beate sich über die Metallnut an der hinteren Tasche geärgert, die die Marke auswies, die keine Marke war, jedenfalls keine, für die man völlig überteuerte Preise zahlen wollte. Sie blieb mit dem Daumen immer wieder hängen, ratschte schmerzhaft darüber, wenn sie ihr Handy aus der Tasche ziehen wollte. Jetzt war sie heilfroh darüber, tatsächlich gelang es ihr, den Kabelbinder über ihren Handgelenken an diese kleine Metallnut heranzuführen und daran zu reiben.

Dann war dieses Geräusch: Klong, Eisen trifft auf Eisen. Erst auf der einen Seite, dann ein ähnliches Geräusch von der anderen Seite. Beate geriet in Panik. Sie hatte eine Ahnung, was das bedeutet. Die Schlepper haken sich ein, um das Dock abzutransportieren. Was kann das bedeuten, fragte sie sich, wird jetzt Wasser eindringen, wird sie ertrinken? Sie rieb die Kabelbinder mit Druck an der Metalnut, dass sie dabei auch ihre Haut erwischte, war ihr vollkommen egal, es tat nicht einmal weh. Es dauerte unendlich lange Minuten bis sie tatsächlich das Gefühl hatte, jetzt noch ein paarmal hin und her rutschen und der Kabelbinder ist durch. Da spürte sie den Ruck. Das Dock bewegte sich. Panik. Sie war noch nicht frei, aber das schien irgendwie zu gelingen. Allerdings, was würde ihr das bringen in diesem Scheißdock. Dass sie bei völliger Bewegungsfreiheit langsam dehydriert? Jetzt löste sich der Kabelbinder. Die Kabelbinder am Fuß konnte sie mit Hilfe eines Feuerzeugs lösen, das Jens im Hotelzimmer liegen gelassen hatte. Dass er rauchte, war bisher das einzige Manko, das sie an ihm feststellen konnte. Das Feuerzeug gab außerdem zumindest etwas Licht. Aber wofür? Bei Feuerzeugschein zu dehydrieren war auch keine Option. Sie musste hier irgendwie raus.

Beate untersuchte die Decke, stolperte durch das Trockendock, versuchte den Weg zu finden, den Neubach sie zu gehen gezwungen hatte. Der Metallboden über ihr wies keine Öffnung aus. Metallplatte reihte sich an Metallplatte. Sie beschloss, systematisch vorzugehen, immer an der Wand entlang. Hier entschied sie, war die Wahrscheinlichkeit einer Treppe und einer Öffnung am größten. Sie tastete sich durch das Dock und sagte zu sich selbst: »Die Hoffnung stirbt zuletzt«.

37 The Final Cut

Angela Neubach war mit sich eigentlich noch immer ganz zufrieden. Die Kommissarin wird man nie finden, da war sie sich sicher. Und ob man ihr den Mord an Kerner nachweisen konnte, glaubte sie eigentlich nicht. Weder konnte die Polizei den Tatort zweifelsfrei nachweisen, die Strömung in der Förde ist je nach Wind- und Wetterlage eigentlich unberechenbar. Präzise vom Fundort auf den Tatort zu schließen, war unmöglich.

Die Tatwaffe werden die Kripobeamten ebenfalls nie finden. Sie hatte sie im Maschinenraum eines Frachters versteckt, der zur Repartur auf der Werft war, inzwischen mit einer Ladung Schrott auf dem Weg nach Südamerika. Selbst wenn man sie finden würde, wäre eine Verbindung nie zweifelsfrei herzustellen. Es war nur schade um das gute Stück, eine Luger. Es war die Dienstpistole ihres Schwiegervaters im Weltkrieg, Teil einer stattlichen Sammlung historischer Waffen, die auch ihr Mann Klaus stetig ausgebaut hatte.

Als noch alles in Ordnung war, dachte sie.

Jetzt brauchte sie nur noch auf ihren Anwalt warten.

Als sie mit ihrer Analyse fertig war, zog sie eine positive Bilanz. Man würde ihr nichts nachweisen können, in 48 Stunden ist sie wieder auf freiem Fuß, da war sie sicher. Immerhin sah sie noch, als sie auf dem Werftgelände abgeführt wurde, wie die finnischen Schlepper das Dock an den Haken nahmen. Inzwischen war das Dock sicher auf offener See. Vielleicht auf Höhe Memel, da wo einst alles begann.

Katharina wartete vor dem Vernehmungsbüro.

„Was sagt sie?« Kaiser konnte nur mit den Schultern zucken, als er für eine Kaffeepause die Vernehmung unterbrach.

»Nichts, gar nichts.«

»Sie müssen etwas unternehmen, ich hab

schreckliche Angst um Beate.«

»Ich auch, ich werde mir die Genehmigung erteilen lassen, eine Hundertschaft das Werftgelände durchsuchen zu lassen. Mehr kann ich jetzt nicht tun.«

Katharina starrte ihn an, ihre Gesichtsfarbe war weiß wie die Wand hinter ihr, ihre Hände begannen zu zittern, Tränen rollten ihre Wangen hinab.

Kaiser nahm sie in den Arm.

38 A Pillow Of Winds

Sie hatte die Stiege gefunden, natürlich war die Klappe darüber verschlossen, offenbar mit einem Riegel von außen. Beate hatte noch die Hoffnung auf ein Schloss gehabt, dass sie vielleicht - mit was auch immer - manipulieren könnte. Aber die Hoffnung war auch dahin. Beate saß zusammengekauert an diese Stiege gelehnt.

Der Gestank von Meerwasser, Algen, Schmieröl und nicht zuletzt ihremErbrochenen war unerträglich. Der einsetzende Seegang, Beate erinnerte sich, dass Windstärken von acht Beaufort angekündigt waren, hatte seine Wirkung in ihrem Magen hinterlassen.

Das wird die Dehydrierung noch beschleunigen, dachte sie und rechnet nach. Sie hatte einmal einen Kurzvortrag von Dr. Pasternak, dem Kripo-Patholgen, über sich ergehen lassen müssen. »Bei der Dehydrierung setzt der Tod innerhalb von zwei bis sechs Tagen ein, weil die Nieren ihre Arbeit vollständig einstellen«, erinnerte sie sich.

»Je nach Konstitution des Patienten«, fügte er hinzu.

Wenn für sie noch eine Chance bestand, dann im Hafen von Helsinki. Vielleicht würde bei der Ankunft im Hafen eine Inspektion durchgeführt, war ihre schwache Hoffnung. Aber: wie lange brauchten die Schlepper bis nach Helsinki? Und war Helsinki eigentlich das Ziel? Sie erinnerte sich nicht mehr, welche Werft das Dock gekauft hatte, sie erinnerte sich aber auch an überhaupt keine andere finnische Stadt.

Die Stena-Fähre nach Göteborg, mit der sie schon öfter Kurztripps in die schwedische Stadt gemacht hatte, braucht rund 12 Stunden. Die finnische Hauptstadt, so schätzte sie, war sicher doppelt so weit entfernt, vielleicht mehr. Aber die Geschwindigkeit der Schlepper war allerhöchstens halb so hoch. Also werden sie, das Dock und die Schlepper mindestens vier Tage für den Trip brauchen werden.

»Zwei bis sechs Tage, je nach Konstitution.«

39 Echoes

Kaiser und Katharina gingen durch das Tor des Geländes, die Schranke blieb geöffnet, der Pförtner hatte keinen Einfluss mehr darauf, wer hier rein oder raus ging. Das Absperrband der Polizei hatte diesen Job übernommen. Ein Polizist hob das Band für die beiden hoch.

Sie gingen am Haus der Neubachs vorbei Richtung Kaikante. Dort stand der Bus des Einsatzleiters. Das Blaulicht der Mannschaftsbusse erzeugte mit der untergehenden Sonne eine surrealistische Stimmung auf dem Gelände der Werft. Ein Trupp von 20 Polizisten schickte der Einsatzleiter gerade in die Maschinenhallen auf der nördlichen Seite des Geländes. Die offene Helling im südlichen Teil hatten sie bereits durchsucht. Dazwischen lagen die Docks. Es wird verdammt lange dauern, hier alles zu durchsuchen, dachte Katharina verzweifelt. Sie stand an der Kaikante und schaute auf die dunkelblaue Kieler Förde hinaus. Vor einigen Jahren hatte sie hier schon einmal gestanden. Damals bei der Taufe eines Doppelhüllentankers sollte sie Fotos von der Zeremonie machen, für eine Fachzeitschrift aus Hamburg.

Sie hatte das Gefühl, Beate irgendwie helfen zu können, wusste nur nicht wie. Hatte sie irgendetwas übersehen? Irgendetwas, das Beate ihr gesagt hatte? Irgendwas, das sie gelesen hatte? Sie blickte zum Einsatzfahrzeug, wo Kaiser jetzt mit dem Einsatzleiter sprach. Dann auf das Dock 2, in dem ein Frachter repariert werden sollte. Restarbeiten, die die wenigen Arbeiter der Werft noch erledigen sollten. Danach war Schluss für sie und für die Werft. Katharina ließ ihren Blick über das Wasser schweifen, nach links rüber zum Skagerrakufer. Und erschrak.

Jetzt wusste Katharina, was sie übersehen hatte.

Zwischen ihr und dem Skagerakufer müsste eigentlich Dock 1 liegen. Katharina rannte sofort rüber zu Kaiser.

»Ich weiß, wo sie ist.«

40 Run Like Hell

Klong, klong. Die zwei Geräusche weckten Beate aus ihrem lethargischem Halbschlaf. Über ihr war irgendetwas. Jetzt leisere Töne, aber gleichbleibend. War das Getrampel? Menschen, die über das Deck des Docks liefen? Sie war eigentlich schon viel zu schwach, um sich zu bewegen, kroch auf allen Vieren zur Stiege, nahm das Feuerzeug und machte Licht. Jetzt wurde das Getrampel lauter, es war direkt über ihr. Beate wollte schreien, aber aus ihrem Mund kam kein Ton heraus. Es war wie in den Albträumen, in denen man weglaufen wollte, sich aber nicht rühren konnte. Das Getrampel hörte auf. Dafür ein Kratzen und Schlagen auf Metall über der Stiege. Beate klammerte sich an diese letzte Hoffnung.

Nahm sie das tatsächlich wahr? Oder drehte sie einfach durch, fantasierte ihre Rettung herbei? Das Feuerzeug ging aus, leer. Dafür wurde sie jetzt geblendet. Geblendet von einem grellen

Taschenlichtstrahl. Mit diesem letzten Lichtsstrahl sank sie zusammen.

Als die Räder der »Seaking« auf dem Boden des Docks aufsetzten, raste Katharinas Herz. Dass sie mit an Bord sein durfte, hatte sie Kaiser zu verdanken. Natürlich durften an Bord einer Bundeswehrmaschine, die in Amtshilfe der Polizei zur Verfügung gestellt wurde, keine Zivilisten einfach mal mitfliegen. Aber Kaiser erklärte Katharina zur wichtigen Augenzeugin, die gegebenenfalls jemanden identifizieren müsste. Natürlich hätte Kaiser Beate selbst identifizieren können, wenn dies denn notwendig werden sollte. Inständig hoffte er, dass das nicht der Fall werden würde. Aber dieses Dienstvergehen wäre sowieso nicht so wichtig, wenn sie Beate nicht auf dem Dock finden würden. Dann wäre seine Karriere bei der Kriminalpolizei sowieso am Ende. Die Genehmigung zum Einsatz des Bundeswehrhubschraubers stand auf ziemlich tönernen Füßen, das wusste er. Eigentlich hatte Kriminalrat Hermanns nur den Einsatz eines Polizeihubschraubers genehmigt. Kaiser wusste allerdings, dass Geschwindigkeit und Reichweite einer Seaking wesentlich höher waren. Ein befreundeter Offizier beim Marinefliegergeschwader 5, das in Kiel-Holtenau mit einer Notmaschine stationiert war, hatte ihm einmal Hilfe angeboten. Jetzt löste der MFG5-Offizier sein Versprechen ein.

Er sprang zusammen mit den Marinesoldaten aus dem Hubschrauber, Katharina blieb starr sitzen, sie konnte sich nicht einen Zentimeter bewegen, presste die Hände zu Fäusten und stammelte nur ein »bitte, bitte, bitte«. Die Soldaten mussten sich zunächst orientieren. Da sie von der Marine sind, müssten sie sich ja mit einem Dock auskennen, dachte Kaiser und beglückwünschte sich nochmal dazu, keinen Polizeihubschrauber genommen zu haben. Die Soldaten teilten sich in zwei Gruppen. Währenddessen hatten die Schlepper ihre Maschinen bereits angehalten. Sie waren hier, kurz vor den finnischen Hoheitsgewässern in Höhe der lettischen Küste, über Funk auf den nächtlichen »Überfall« vorbereitet worden.

»Objekt gefunden«, kam es knisternd aus dem

Lautsprecher des Walkie-Talkies des leitenden Offiziers heraus. Kaiser stand neben ihm. »Diese Richtung«, der Offizier sprintete los. Katharina hatte den Funkspruch im Cockpit ebenfalls gehört und war geschockt. Das »Objekt« war Beate? Warum dauerte es so lange, bis jemand sagte, es geht ihr gut?

Als Kaiser den Trupp erreicht hatte, war er zunächst erleichtert, dass das »Objekt« nicht Beate war, sondern eine Zugangsklappe zu den Fluttanks. Major Schmidt hatte ihm erklärt, dass der einzige »Raum«, in dem man jemanden auf einem Dock verstecken könne, die Fluttanks seien. Die Klappe war mit einem massiven Vorhängeschloss gesichert. Aus dem Hubschrauber schleppte ein Soldat schweres Gerät an. Mit einer Flex sägte der Soldat das Schloss durch, mit einem Vorschlaghammer schlug ein anderer auf den Riegel ein, bis er sich etwas bewegte, dann die Klappe freigab.

Zwei Soldaten stiegen die Leiter herab, nahmen den leblos wirkenden Körper auf, übergaben ihn an einen Soldaten an der Zugangsklappe, der ihn hinaufzog. Sie legten den Körper auf eine Trage, sofort machten sich zwei Sanitäter an die Arbeit: Sauerstoffgerät, Blutdruckmessung, Infusion.

»Puls vorhanden«, meldete einer von ihnen knapp. Der Major nickte, gab den Befehl zum Abtransport. Zwei Minuten später hob die »Seaking« von Dock 1 der Neubach-Werft ab. Die Schlepper nahmen ihre Arbeit wieder auf. Katharina hielt Beates Hand.

Sie war sich sicher, dass sie überleben wird.